学園の
俺の隣
黒魔術
しています

Gakuennoseijo ga orenotonari de
kuromajutsu wo shiteimasu ×××

和泉弐式 Nishiki Izumi
illust. はなこ

CONTENTS

Gakuennoseijo ga orenotonari
de kuromajutsu wo
shiteimasu xxx

「ぼくたちは今日から秘密結社ぐりもわぁるだよ！」

沙倉冥［さくら めい］

上賀茂京四郎の先輩。高校二年生。校内で「神河学園の聖女」と崇められている。

「秘密結社ってなにをするんですか？」

「私は賛成です」

上賀茂京四郎

［かみがも　きょうしろう］

主人公。「空気のように生きる」ことが信条の、誰よりも影が薄い高校一年生。

「世界征服」
「夢がでかすぎる……」
「じゃあ、学園征服！」
「学校なんて征服して
どうするんですか？」
「んー、わかんない。
でも、面白そうでしょ？
凛ちゃんはどう思う？」
氷堂凛
（ひょうどう りん）
天才少女。その美貌とクール
な物言いで周囲を威圧して
しまい、友人がいない。

学園の聖女が俺の隣で黒魔術をしています

和泉弐式
Nishiki Izumi

illust. はなこ

Gakuennoseijo ga
orenotonari de
kuromajutsu wo
shiteimasu xxx

CHARACTERS 登場人物

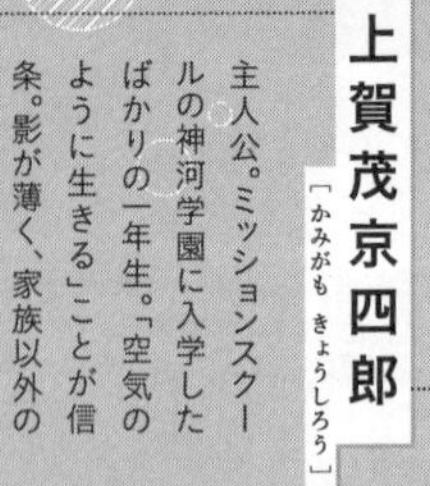

上賀茂京四郎
［かみがも　きょうしろう］

主人公。ミッションスクールの神河学園に入学したばかりの一年生。「空気のように生きる」ことが信条。影が薄く、家族以外の誰も京四郎の顔と名前を覚えていない。

沙倉冥
［さくら　めい］

主人公の先輩。高校二年生。校内で『神河学園の聖女』と崇められている。しかし実は黒魔術をこよなく愛し、ひそかに黒魔術の練習をしている。口癖は「呪っちゃうよ！」。

氷堂凛
［ひょうどう　りん］

主人公の同級生。「〇〇の確率——××％」が口癖の天才少女。彼女の予測は驚くほど的中するものの、「そんなのデータにありません……！」と言って追い詰められることも。

剣城遥華

［けんじょう　はるか］

沙倉冥の幼馴染。高校二年生。剣道部のエース。冥のことを大切に思っており、さながら聖女を守る騎士のように、これまで彼女に寄りつく男たちを追い払ってきた。

七原希望

［ななはら　のぞみ］

京四郎と凛の同級生。ボーイッシュな剣道少女。剣道部の先輩である剣城とは、中学時代からの付き合い。男勝りな性格だが、根は素直なため嘘をつくのが苦手。

鬼塚マリア

［おにづか　まりあ］

京四郎のクラスの担任教師。独身。日本人とイギリス人のハーフで、いつも穏やかな笑みを浮かべている女性。意外なことに、空手、柔道、合気道などの黒帯所持者。

神河学園の旧校舎が取り壊された。

久しぶりに帰った実家でそう聞かされた俺は、絶望した。

明日、そこでプロポーズをする予定だったからだ。

「嘘だろ？」

三ヶ月前から準備してきたプロポーズの計画が、思い出の旧校舎と共に崩れ去っていく。

事情を知らない妹は「こんなことで嘘ついてどうするの？」と笑った。

「あたしたちが通ってた頃から使われてなかったじゃん。今まで残ってたことのほうが不思議だよ」

言われてみればそのとおりだ。

学園設立当初に建てられた木造の旧校舎は、俺が入学したときにはすでに幽霊屋敷と化していた。学園の隅にひっそりと佇むその場所は、学内マップにも載っておらず、生徒や教師でさえ存在を知らなかったほどだ。

あれから十年間も取り壊されずいたことが、ほとんど奇跡といっていい。どうして明日まで待ってくれなかったんだ、なんていうのは望みすぎだろう。

「ねぇ、皆とはまだ会ってるの？　沙倉先輩とか氷堂さんとか」

「ああ、たまにな」

「皆、綺麗になってるでしょ？」

「うん」

素直にそう答えると、妹はしたり顔で頷いた。

「やっぱりね。高校のときからすっごく可愛かったもん。なんでこんな可愛い人たちがお兄ちゃんの友達なんだろう、って不思議でしょうがなかったよ」

そのうちの一人はお前のお義姉さんになるかもしれないぞ——とは、まだ言わないことにする。

プロポーズの場所、今からでも変えるべきだろうか……。

「そういえば、お兄ちゃんたちってなんで仲良くなったの？　ちゃんと教えてもらったことなかったよね。いったいどんな奇跡？」

それは俺たちを知る人なら誰もが疑問に思うことだった。

無理もない。

俺たちは、クラスが同じだったわけでも、部活が同じだったわけでも、趣味が同じだったわけでもない。

性格や好き嫌いも見事なまでにバラバラで、およそ共通点といえるものが見当たらない。

そんな彼女たちと、いったいどうして友達になれたのか。

俺だって不思議でしかたないけれど、一つだけ確信していることがある。

「奇跡じゃない」

「え？」

首を傾げる妹に、俺は言った。

「呪いのせいだよ」

†

翌日、俺は婚約指輪を持って母校の前に立っていた。

一晩考えた挙げ句、予定通りプロポーズすることに決めた。すでに彼女には『午後三時に秘密基地に来てほしい』とメッセージを送ってしまっていたし、あの旧校舎以上にプロポーズにふさわしい場所があるとも思えなかった。あとはなるようになるだろう。

母校に来るのは卒業以来だ。今は夏休みということもあって普段の賑わいはなく、グラウンドの方角から運動部のかけ声や甲高いバット音が響いてくるだけだった。その音さえもなつかしくて、思わず笑みがこぼれる。

俺は正門から学園の敷地に入った。不法侵入になるかもしれないけれど、卒業生だと話せばお咎めは受けないだろう。

本校舎に向かってまっすぐ伸びる並木道。

右手に視線を向けると、遠くに礼拝堂が見えた。

神河学園は、いわゆるミッション系の学校だ。月に一回あの礼拝堂で生徒たちが礼拝をする決まりがあった。おそらく今も続いているだろう。

そして、その礼拝堂から本校舎を挟んだ反対側――そこに旧校舎はある。

あった、と言ったほうがよいだろう。

並木道を外れて校舎の裏手に回った俺は、言葉を失った。

記憶の中にある光景とあまりに違っていたからだ。

十年前には辺り一面に生い茂っていた雑木林も、その奥でひっそりと佇んでいた旧校舎も、すべてが跡形もなく取り払われて、むき出しの地面が広がっているだけだった。

「本当に……もうないんだな」

プロポーズのことがなかったとしても、あの旧校舎にはずっとここにあり続けてほしかった。わがままだとわかっていても、そう願わずにはいられない。

夏空の下、かつて旧校舎があった場所へ歩いていく。

「……このあたりだったかな」

何もない地面に立って、俺は十年前の旧校舎を思い出す。

誰もいない昇降口。

壊れた靴箱。

汚れた階段。

今にも抜けそうな木張りの廊下。

そして、三階の一番奥にある——俺たちの秘密基地。

彼女と友達になったあの古ぼけた教室を、俺は今もはっきりと思い出せる。


「キョウくん」


心地のよい声が耳に届いた。

彼女が来たのだとすぐにわかる。

ポケットの中には婚約指輪。

プロポーズの言葉も決まっている。

あとは彼女に伝えるだけだ。

俺たちが友達になった、あの日のように。

深呼吸をして振り返ると、そこには十年前と変わらず——いや、あの頃よりずっと魅力的になった彼女が微笑んでいた。

第1章

神河学園の魔女

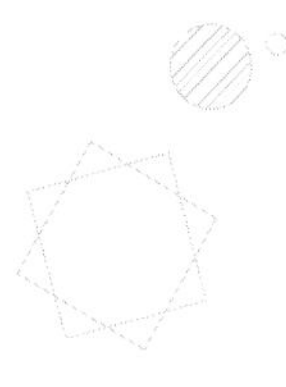

Gakuennoseijo ga orenotonari
de kuromajutsu wo
shiteimasu xxx

1

風に乗って運ばれてくる吹奏楽の音色。

グラウンドの方角で鳴り響く打球音。

青春あふれる放課後の学園で、俺は誰もいない旧校舎の廊下を歩いていた。

薄汚れた窓から差し込む陽の光が、オンボロの床を照らしている。何十年も前に建てられたというこの場所は古めかしい木造建築で、今はもう使われていない。一歩進むたびに板が軋んで、床が抜けるんじゃないだろうかと不安になった。

教室の前で立ち止まる。三階の一番奥。そこが俺たちの秘密基地だ。

コンコンコンと、三回ノックした。

「上賀茂です」

やがて木製の扉がガタガタと音を立ててスライドした。

最初に目に入ったのは、黒いとんがり帽子。おとぎ話の悪い魔女がかぶっている、先っぽの折れ曲がった、あれだ。

「待ってたよ、京四郎くん!」

帽子が喋った。

なんてことは、もちろんない。

視線を落とすと、声の主——冥先輩が、つぶらな瞳で俺を見上げていた。学校指定のブレザーの上から漆黒のローブを羽織り、手には長さ三十センチほどの杖を持っている。

ちっちゃくてでっかい。彼女の容姿を一言で表すなら、そんなところだ。訊くと怒るから正確な数字は知らないけど、身長はおそらく一四五センチぐらい。童顔なこともあいまって小学生と言っても通用しそうだが、ローブの上からでもわかる大きな胸のふくらみは彼女が子供ではないことを強く主張していた。

すると、冥先輩が両腕でさっと胸元を隠した。

「……今、見てたでしょ」

ジト目で睨んでくる彼女に、俺ははっきりと言った。

「見てません」

「ほんとに？」

「神に誓って」

「——上賀茂さんが冥先輩の胸部を見ていた確率、98％」

SF映画に出てくるAIのような、抑揚のない声だった。

教室の奥で、白衣を着た眼鏡の少女がノートパソコンを操作していた。彼女はキーボードをよどみなく叩きながら、やはりAIのように宣告した。「彼は嘘をついています」

「ほらっ！　凛ちゃんもああ言ってる！」

「いや、98%です。100%じゃない。2%、冤罪の可能性が残ってる」

「声に動揺が見られます。確率を修正。100%です」

「…………」

「さぁ、京四郎くん。何か言うことは？」

「すみませんでした」

「よろしい」

冥先輩が満足気に頷いた。

「許してあげるから早く入って。見つかっちゃうよ」

こんな場所にほかの人が来るとは思えないけれど、素直に従った。

普通に使えば四十人の生徒が入るだろう教室に、俺たち三人だけがいる。中はほとんど空っぽだ。備えつけの黒板と教壇のほかには、机と椅子が数セット、あとは隅にロッカーがあるぐらい。電気は通っていないから、灯りは窓からの太陽光だけ。日が沈めば真っ暗になる劣悪な環境だ。これが部室だったら学校に抗議の一つでもするのかもしれないが、あいにく無断使用なので贅沢は言えない。

「全員揃ったね！」

冥先輩が踊るように教壇に立った。背後にある黒板には、可愛らしい字でこう書かれている。

【秘密結社ぐりもわぁる】
黒魔術師：沙倉冥
マッドサイエンティスト：氷堂凛
戦闘員：上賀茂京四郎

「さぁ、今日も元気に学園を征服しよー！　ぐりもわぁーる!!」

「ぐりもわぁーる」

「ぐりもわぁーる……」

魔女の格好をした冥先輩が杖を掲げて高らかに叫び、そのすぐあとに氷堂さんと俺が続いた。

誤解しないでほしい。

俺たちは、ただの高校生だ。

ヒーローでもなければ、怪人でもない。

変身なんてできないし、改造だってされていない。

学園を征服してどうするのか考えてもいなければ、戦うべき正義だってはっきりしていない。

それでも、俺たちは悪の組織だった。

ただの高校生で。

悪の組織だった。

いったいどうしてこうなったのだろう？

この学園に入学したとき、俺は今までどおりの日々を送るつもりだった。

毎朝決まった時間に登校し、静かに授業を受け、ひとりで昼食を取り、放課後は帰宅部のエースとしてまっすぐ家に帰る。

そんな静かで平穏な日常を送るはずだったのに……。

すべての始まりは、入学式の日にまで遡る。

2

「新入生の皆さん、ご入学おめでとうございます」

修道服に身を包んだ学園長の声が、マイクを通して講堂に響き渡った。ステージ上の彼女は穏やかな笑みを浮かべ、俺たち新入生に語りかける。

「『健全なる人を育む』――それが神河学園の教育理念です。そもそも学校というのは、大学受験のために存在するのではありません。皆さんを一人の人間として成熟させるためにあるのです。だからこそ、勉学だけでなく、心の教育が欠かせません。皆さんの中には『神様なんて信じない』という方もいらっしゃることでしょう。そのような方は、聖書の授業や、月に一度の礼拝を苦痛に感じるかもしれません。ですが、それらは必ずあなたの心を育む助けとなります。歴史上の多くの先人と、皆さんの先輩たちがそれを証明しています。どうか神を愛し、神に愛される人になってください。あなたが一歩踏み出しさえすれば、すべての人に道は開かれているのです」

学園長はそこで言葉を切った。水面に立った波が収まるように、静寂が講堂の隅まで広がっていく。

「長い挨拶は皆さんもお嫌でしょうから、わたくしからの挨拶は以上とさせていただきます。最後に一つ、人生の先輩としてアドバイスをさせてください。皆さん、どうか悔いのない青春を送ってください。十年後、二十年後に振り返ったとき、この三年間がかけがえのないものだったと気づくときが来ます。ああすればよかった、こうすればよかったと未来で後悔しないよう、一日一日を大切に、精一杯、生きてください。皆さんの青春に、神の御加護があらんことを……アーメン」

学園長が胸の前で十字を切り、しずしずとお辞儀をした。

万雷の拍手が鳴り響く。これから始まる高校生活への期待感が、皆の手に少しばかり力をこめさせているようだった。

最前列に座っていた俺は、周りに合わせて手を叩く。きっと冷めた目をしていただろう。

講堂に司会のアナウンスが響き渡った。

「続きまして、新入生代表挨拶──」

†

「上賀茂京四郎です。出身は天塚第一中学。趣味は読書です。よろしくお願いします」

誰の記憶にも残らない自己紹介を終えて、俺は席に着いた。席の位置は廊下側の一番後ろ。おそらくクラスで最も目立たない場所だった。

続いて自己紹介をした木村くんが芸人のモノマネをして笑いを取ったおかげで、俺の印象はますます薄くなった。順調だ。このままいけば、近いうちに俺は皆から忘れられているだろう。

存在感のなさにかけて、俺の右に出るものはいない。

小学校の頃からそうだった。鬼ごっこでは鬼が目の前を通り過ぎたし、かくれんぼをすれば俺を見つける前に皆が帰った。授業で先生から指名されたこともなければ、サッカーやバスケでパスを受けたこともない。クラスメイトから名前を呼ばれたのも遠い過去の記憶だ。家族以外で俺の名前を覚えている人はいないだろう。

いてもいなくても変わらない、空気のような存在。

それが俺だ。

ないと困るという意味では、空気のほうがまだ存在感があるかもしれない。

「皆さん、ありがとうございます。あらためまして、担任の鬼塚マリアです」

クラスメイト全員が自己紹介を終えると、教壇に立つマリア先生がにこやかに言った。

ブロンドの髪と碧い瞳が印象的な、若い女性教師だ。日本人とイギリス人のハーフらしい。

彼女が教室に入ってきてクラスの担任だと名乗ったときは教室中に衝撃が走ったけれど、その聖母のようなやさしい微笑みで、皆の心をつかみつつあった。

「学園長も仰っていたように、高校の三年間はかけがえのないものです。最初の一年間、担任として皆さんを支えていきますので、困ったことや訊きたいことがあればいつでも言ってくださいね」

「はい、先生！　マリア先生の高校時代はどんなだったんですかー？」

木村くんが手を挙げた。早くも『クラスのお調子者』の座をほしいままにしている。

「わ、私ですか？」

「そうそう！　やっぱ人生の先輩から話を聞かないと！　皆も知りたいよな？」

皆が頷く。無理に聞かなくてもいいんじゃないかと思ったけれど、口にはしなかった。空気を乱したくはない。

「わ、わかりました……」

マリア先生はこほんと咳払いを一つした。

「私が通っていたのは、県内でも有名な不良高校でした。授業をサボるのは当たり前。喧嘩は日常茶飯事で、他校との争いも絶えません。ある日、私は我慢できなくなり、当時の番長に抗議しました。『普通の高校生活がしたい』と。彼は言いました。『俺にタイマンで勝てたら好きにしろよ』――女に負けるとは思っていなかったのでしょう。次の日から、私は『番長』と呼ばれるようになっていました。それから学校の不良たちをまとめ上げ、血気盛んな他校を退けながら関東一帯を制覇し、ようやく普通の高校生活を送れるようになった頃には三年が経っていました。卒業式で全校生徒が頭を下げて見送ってくれたのはよい思い出です」

昔を懐かしむように彼女は言った。

「今、私の母校は県内有数の進学校になっているそうです。色々大変でしたけれど、あのとき抗議をしにいってよかったと心から思います。どうか皆さんも、悔いのない高校生活を送ってください。あ、でも喧嘩はだめですよ。慣れていないと拳を痛めますから！」

どこか的はずれな注意をして、マリア先生は微笑んだ。壮絶な青春を聞かされた俺たちは、ただ頷くしかない。

入学早々、クラスの想いが一つになった。

『マリア先生を怒らせるのはやめよう』

入学初日の長いホームルームが終わって先生がいなくなると、教室がにわかに活気づいた。

「部活どうする？」「サッカー部」「まじ？　俺も」「じゃ、仮入部一緒に行こうぜ」

「このあとカラオケ行かない？」「行く行く！　ほかの皆も誘おーよ！」

「マリア先生、美人だよなぁ」「それな」「ちょっと怖いけど」「それな」

皆、笑顔で話しているけれど、どこか必死さが窺えた。ここで友達をつくらなければ、クラスで孤立するからだ。

皆の友達づくりに付き合うつもりはない。俺は鞄を持って立ち上がり、後方の扉から教室を出た。

廊下には誰もいなかった。賑やかな教室の前をいくつか横切って、薄暗い階段を降りる。一階の靴箱に着く頃には、その喧騒もずいぶん遠のいていた。スニーカーに履き替えて外に出る。

天気は快晴。

空は青く澄み渡り、雲ひとつ見当たらない。

校門まで伸びる桜並木から、ひらひらと無数の花びらが舞い散っている。

一人で楽しむには贅沢な光景だ。

だからといって、友達がほしいとも思わないけれど。

しばらく桜を楽しんだ後、俺は校門をくぐり、駅まで続く坂道を下り始めた。

入学式で聞いた学園長のスピーチを思い出す。

あのスピーチがどれだけの生徒の心に響いたのかはわからない。

けれど、たしかなことがある。

神様も青春も、俺には関係がないということだ。

3

夕方、二階の自室で勉強をしていると、妹のひなたがノックもせずに部屋に入ってきた。彼女は机に向かう俺を見るなり、信じられないといった表情をした。

「また勉強してるの⁉　受験終わったばっかりなのに、よく勉強する気になるね。授業だってまだ始まってないんでしょ？」

「予習だよ。ひなただって来年は受験生だろ。今のうちから予習復習をしておいたほうがいいぞ」

「はーい。それより、ご飯できたって。早く行かないとお母さんに怒られるよ」

二人で階段を下りてリビングに行くと、父さんと母さんが食卓に座って待っていた。

四人掛けのテーブルの上には、きのこの炊き込みご飯と焼き鮭、切り干し大根に豆腐の味噌汁が並んでいる。椅子に座ると、香ばしいきのこの匂いが鼻をくすぐった。

「いただきます」

四人揃って手を合わせる。

朝食と夕食は家族揃って食べること。それが上賀茂家のルールだ。

母さんが父さんからのプロポーズを受ける条件として約束したのだという。当時の父さんは仕事にかまけて食事を取らないことが多く、それを見かねてのことだったらしい。

もっとも、父さんの仕事が忙しいのは今も昔も変わらないようだ。目の下に大きなくまができていた。

「父さん、大丈夫？」

「ん？　ああ……なんとかな。さっき原稿ができて、編集部に連絡したところだ」

父さんは小説家だ。大ヒットとまではいかなくとも固定ファンがいて、定期的に新作を出している。ネットで見る限りは評判もいい。少なくとも家族四人を養えるぐらいの収入は得ていた。

「入学式、行けなくて悪かったな」

「別にいいって。来ない方が気が楽だし」

「安心して、お父さん。カメラでしっかり撮ってきたから！」

「おや、本当かい？　それはよかった。食べ終わったら見せてくれ」

「父さんはまず眠りなよ」

「いいや、息子の晴れ舞台を見るほうが先だ！」

そこまで断言しなくても……。俺は呆れながら焼き鮭を食べた。嚙みしめるたびに鮭の脂と塩味が口の中に広がる。

「ところで、京四郎。高校はどうだった？」

「いいところだと思うよ。校舎が綺麗だし」

「そういうことじゃなくてだな……」

父さんは咳払いを一つすると、ぐっと身を乗り出した。

「友達はできたか？」

やっぱりその話か。母さんもひなたも食い入るようにこちらを見ている。俺はため息まじりに言った。

「だから、中学のときも言っただろ。友達がいなくても生きていけるって」

「できなかったか……」

「できなかったのね……」

「できなかったんだぁ……」

家族一同がうなだれる。ここまで残念がられると悪いことをした気にもなるけれど、いないものはいないのだから仕方がない。

「いいか、京四郎。高校時代の友達は、一生の宝物なんだ」

「中学のときも同じこと言ってなかった？」

「中学時代の友達も、一生の宝物だ」父さんは開き直った。

「じゃあ、父さんは今も会ってるの？　昔の友達と」

「え？　いや、まぁ……たまに連絡を取るくらいだが……」

「たまにってどれくらい？」

「一年に一回……いや、二、三年に一回……？」

「そのくらいなら、別にいなくても問題ないんじゃない？」

「む。言われてみれば、そんな気も……」

「お父さん。息子に言い負かされないでください」

「はっ」

　父さんが頭を振った。

「将来の話はいい。大事なのは、今このとき。高校の三年間だ、京四郎。若者が青春を謳歌しなくてどうする。友情、恋愛、部活……そうだ、部活は何に入るんだ？」

「帰宅部」

「帰宅部は部活じゃあない」

　ごもっとも。

「京くん、せっかく高校生になったんだから新しいこと始めてみたら？　運動部じゃなくてもいいのよ。色んな部活があるんでしょう？」

「母さんの言うとおりだ。部活は楽しいぞ。皆で一つの目標に向けて頑張る。これぞまさしく青春だ！」

「帰宅部だって悪くないよ。皆が部活をしている間、勉強も読書も自由にできる。大学受験に有利だし、なにより一人でいられる」

「どうしてお前はそう一人が好きなんだ……」

「しょーがないよ。だって、お兄ちゃんだもん」

ひなたが肩をすくめた。

そのとおりだった。

俺は俺でしかないし、それは高校生になって急に変わるようなものではない。

「心配しなくても大丈夫だって。別にいじめられているわけじゃないからさ」

両親は納得していないようだったけれど、これ以上はなにを言っても無駄だと思ったのだろう。話はそこで終わった。

夕食を終えると、母さんが撮ってきたビデオの鑑賞会が始まった。家族がテレビに釘づけになる中、俺は部屋に戻った。自分の入学式なんて恥ずかしくて見ていられない。

予習に一区切りつけると、俺は通学鞄の中から文庫本を取り出した。帰りに寄った本屋で購入したミステリー小説だ。数年前にハードカバーで出版された作品だけれど、俺の小遣いでは手が出なかった。先日ようやく文庫化されると知って、楽しみにしていたのだ。

椅子の背もたれによりかかり、わくわくしながら文庫本の表紙をめくる。

誰もいない静かな部屋で、俺はひとり、物語の世界に入っていった。

4

翌朝、ホームルームが始まる十分前に登校した俺は、誰とも挨拶を交わさずに、廊下側の一番後ろにある席に座った。

教室には昨日とは違ってリラックスしたムードが漂っていた。皆の表情は明るく、まわりの生徒たちと楽しそうに談笑している。友達グループが固まるのも時間の問題だろう。もちろん俺はどのグループにも属すつもりはない。誰かと話すよりも、一人で静かに過ごしたかった。

鞄の中から読みかけの小説を取りだし、ページを開く。

中学の頃となにも変わらない。

俺の高校生活は、こうして幕を開けた。


放課後になると、クラスメイトたちは友達同士で教室を出ていった。今日から部活動の仮入部期間だから、さっそく入りにいくのだろう。慌ただしく出ていく彼らの背中を見送りながら、俺はゆっくり帰り支度を整え、無人になった教室をあとにした。

活気に満ちた校内を歩きながら、このあとの予定を考える。

まずは駅前の本屋に寄ろう。昨日も行ったし、特に買うあてもないけれど、棚に並ぶ無数の小説を眺めるだけでも結構楽しいし、見知らぬ小説との出会いがあるかもしれない。

「ねぇ、君。ちょっといいかな？」

階段の踊り場で誰かとすれ違った。

誰かに声をかけていたみたいだけど、それが俺でないことは間違いない。無視して靴箱へ向かう。

「あれ？　聞こえてない？　おーい」

家に帰ったら、夕食の前に復習と宿題を片づけよう。そのあとは読書だ。

昨日買った小説は、十人の名探偵が集められた洋館で殺人事件が起き、探偵たちが互いを犯人だと推理し合うストーリーだ。コメディでありながらも本格的なミステリーで、続きが気になってしかたなかった。

「ねぇ！　待ってよ！　待ってってば、もうっ」

スニーカーに履き替え、軽い足取りで校舎を出る。

校門まで伸びる桜並木は、もう数日もすれば花を失い、春の終わりを告げるだろう。

名残惜しさを感じながら俺は校門を抜けようとして、

「上賀茂京四郎くん！」

思わず振り返った。

一人の女子生徒が両腰に手を当て、むっとした顔で立っていた。幼さの残る顔つきで、身長もずいぶん低い。神河学園の制服と、その背丈に見合わない胸のふくらみがなければ、小学生だと思っていたかもしれない。耳にかかる程度の長さの髪が艶やかに黒く、まんまると大きな瞳は澄んだ海のように綺麗だった。

「やっとこっち見た。君、上賀茂京四郎くんだよね？」

「そうですけど……なんで俺の名前を？」

こんなふうに呼び止められたのはいつぶりだろう。

彼女は質問に答えず、ずんずんと近づいてきた。大きな瞳が俺を見上げる。彼女は言った。

「今日、君に不幸なことが起きなかった？」

「不幸なこと？」

「そう。不幸なこと！」

「……例えば？」

「う～ん、そうだなぁ。車に轢かれたとか……」

「轢かれていたら、ここにはいません」

「財布を落とした？」

「ここにあります」

「友達と喧嘩した！」

「してません」そもそも友達がいない。

「うぅ～……とにかくなんでもいいから不幸なことだよ！　絶対あったと思うんだ！　よ～く思い出してっ！」

「そう言われても……」

泣きそうな目で見つめられて、どうにも困ってしまう。しかたなく今朝からの出来事を順に思い出した。

「………あ」

「なにかあった!?」

「今日の昼、学食でラーメンを食べたんですけど、少しのびてました」

不幸というには、あまりにもささやかだ。話していて恥ずかしくなってきた。

彼女も落胆したのか、うつむいて肩をふるふると震わせている。

「えっと、すみません。ほかはなにも……」

「やったあああああああああああああああ！」

突然、彼女が両手を上げてバンザイをした。

「やった！　やったよ！　ついにうまくいったんだよ！」

ぴょんぴょんと飛び跳ねる彼女。そのたびに、あどけなさのかけらもない胸が上下に揺れて、目のやり場に困った。

「……今のでよかったんですか？　ラーメンがのびたってだけですけど」

「何言ってるの⁉　ラーメンがのびちゃったんだよ！　ラーメンが‼　それはもう悲劇だよ！」

怒られた。

よくわからないけれど、喜んでもらえたならよしとしよう。

彼女は戸惑う俺の手を取って、ぶんぶんと上下に振った。

「ありがとう、京四郎くん！　苦節一年、こんなにうまくいったのは初めてだよ！」

「うまくいったって、何が……？」

訊かなければよかった。

そう後悔したときには、もう遅い。

「……知りたい？」

それはむしろ、彼女の方こそ『話したくてしょうがない』といった顔で。

「こっち来て！」

気がつけば、俺は名前も知らない少女に手を引かれ、桜並木を引き返していた。

5

　校舎裏にある自転車置場、さらにその先の雑木林を通り抜けると、彼女はようやく俺の手を離してくれた。

　目の前には木造の建物が建っている。煤けたように黒い外壁には蔦が這っており、かなり年季が入っていることが窺えた。屋根下に取り付けられた大時計は、十二時ちょうどを指している。何十年前の十二時なのかは定かではない。

「ここは……？」

「旧校舎。神河学園ができたときにつくられた校舎なんだって。もう使われていないんだけど、歴史的価値？　があるとかなんとかで、そのままにしてるみたい」

　俺はもう一度校舎を見上げた。幽霊屋敷じみていて、価値があるようにはとても見えない。工事費をけちっているだけではないだろうか。

「ここに何があるんですか？」

「それは中に入ってからのお楽しみ！」

　彼女はいたずらっぽく笑うと『立入禁止』と書かれたボロい看板の横を通り過ぎ、旧校舎の中へ入っていった。

しかたなく俺もあとに続く。

昇降口は薄暗かった。スニーカーのまま入っていいのだろうか……なんて迷ったのもつかの間、彼女は躊躇なく土足で踏み入り、目の前にある階段を上り始めた。よその敷地を我が物顔で歩く猫のようだった。

「あ、そうだ！」

階段の踊り場に立った彼女が振り返る。

「サクラメイ」

「え？」

「ぼくの名前。さんずいに少ないって書いて、さ。倉庫のそうに、冥府のめいで、『沙倉冥』。クラスは二年E組だよ。よろしくね、京四郎くん。あ、ぼくのことは『冥』でいいよ。みんなそう呼んでるから」

どう返事をしていいのかわからない。

戸惑っている間に先輩は階段を上がっていく。その背中を追って俺は歩くペースを早めた。

三階が最上階だった。死んだように静かな廊下が左右に伸びている。本校舎から百メートルほど離れているだけなのに、まるで別世界のようだった。

「こっち、こっち。早くっ」

彼女は一番奥にある部屋の前で待っていた。そこがゴールらしい。急かされるまま俺は先輩のもとに歩いていった。

「来たね、京四郎くん」

「連れてこられたんです」

「さぁ、入って！」

俺の抗議を聞き流して、冥先輩は目の前の扉を開けた。

そこは古い教室だった。

黒板の前に教壇があり、あとは木製の机と椅子が数セット残されている。ひどく年季が入っていてタイムスリップした気分になることを除けば、普通の教室と言えるだろう。

しかし、普通の教室なら絶対に存在しないものが一つだけあった。

あったというか——床に描かれていた。

直径二メートルはある二重の円と、その中に収まる六芒星の幾何学模様。二つの円の間には、どこの国の言語とも知れない不可思議な文字がびっしりと記されている。

それはまぎれもなく『魔法陣』と呼ばれるものだった。

「……」

絶句するほかない。

魔法陣なんて、マンガやアニメで見たことはあっても、実物を目にしたのは生まれて初めてだ。

　吸い寄せられるように教室に入った俺の背後で、ガタンと扉の閉じる音がした。

　振り返ると、冥先輩が不気味に笑っている。

「ふっふっふ。知っちゃったね、京四郎くん」

　二人きりの教室。

　それだけ聞くと告白されそうなシチュエーションだけれど、床には魔法陣が描かれている。

　生贄にされそうなシチュエーションだった。

　冥先輩は、つかつかと教室を歩き、巨大な魔法陣の中心に立つと、その立派な胸を誇らしげに張った。

「何を隠そう、君に起きた不幸はぼくのせいなんだよ！　そう、黒魔術で君を呪ったのさっ！」

　可愛らしい声が教室内に反響し、やがて静まり返った。

　グラウンドから聞こえてきた甲高い打球音で我に返った。眉根を押さえ、どうにか言葉を絞り出す。

「……ちょっと整理させてください。黒魔術って、悪魔を呼んだり、人を呪ったりするあれですか？」

「うん」

「その黒魔術で、先輩が俺を呪った？」

「京四郎くんのラーメンは、ぼくの魔術の犠牲になったんだ。ごめんね」

「……それが黒魔術のせいかどうかは、この際おいておきましょう。そもそも、どうして俺を呪ったんですか？　恨まれるような覚えがまったくないんですけど……」

彼女とは初対面だ。

それなのに、なぜ呪われなくてはならないのか。

「京四郎くんは、この学校に礼拝堂があるの知ってる？」

「はい。オリエンテーションのときに覗きました。小さな教会みたいなところですよね」

「じゃあ、『あの礼拝堂で願いごとをすると叶う』って噂は？」

「それは初めて聞きましたけど……」

「昨日の放課後、礼拝堂に行ったら女の子がいたの。その子は奥にある十字架を見つめていて、後から入ってきたぼくには気づいてないみたいだった。そういうときって恋の願いごとをしてたりするから、邪魔しないほうがいいかな～って、そっと帰ろうとしたんだけど……聞こえちゃったんだ。その子の願いごと」

――一年Ｄ組の上賀茂京四郎を呪ってください。

たしかにそう聞こえたのだと、冥先輩は言った。

「きっとその上賀茂京四郎っていうのは、ものすごく悪い奴なんだろうなって。だから、ぼくが神様に代わって叶えてあげることにしたの。この黒魔術でねっ！」

「もしかして……それでうまくいったのか気になって、俺に聞きに来たんですか？」

「うん」

うん、って……。

「どうして俺が上賀茂京四郎だってわかったんですか？」

「職員室で写真を見せてもらったんだ。黒魔術で誰かを呪うには、名前と顔が必要だからね」

「なるほど」

冥先輩が嘘をついているようには見えなかった。

わからないのは、礼拝堂にいた女の子がどこの誰なのかだ。

「俺を呪ってほしいって願っていたのは、どんな人でした？」

「うーん。後ろ姿しか見てないし、ぼくはすぐに礼拝堂出ちゃったから……。わかるのは髪の長い女の子ってことぐらいだよ」

「そうですか……」

「京四郎くんは心当たりないの？」

「まったく」

空気のような俺を呪いたい人間がいるなんて信じられない。

できれば本人に会って理由を聞きたかったけれど、相手が誰なのかわからない以上どうしようもなかった。

しかたないので、もう一つ気になっていることを訊くことにする。

「ところで、俺に話してよかったんですか？」

「え？　なにを？」

「黒魔術ですよ。立入禁止の旧校舎でこんな儀式をしているなんて、どう考えても褒められた話ではないでしょう。俺がまわりにバラしたらどうするんですか？」

沈黙があった。

冥先輩が、ぱちぱちとまばたきをする。そして、悲鳴を上げた。

「うわ――――っ！　そうだよ！　ダメだよっ！　どうしてぼく、君に見せてるの⁉」

「……浮かれていたからじゃないでしょうか」

それはもう、傍目にもわかるほどに。

黒魔術がうまくいったことがよほど嬉しかったらしい。

冥先輩がばたばたと走り寄ってきて、泣きそうな目で俺を見つめた。

「京四郎くん！　このことは秘密にして！　誰にも言っちゃだめだよ！　もし言ったら、呪っちゃうからね！」

「お、落ち着いてくださいよ。誰にも言いませんから」

「……ほんと？」

「本当です。冥先輩がどこでなにをしていようと、それは先輩の自由です。俺には関係ありません」

「よ、よかったぁ……。ありがとう、京四郎くん。ラーメンのばしちゃってごめんね」

「ああ、はい……それはまぁ……気にしないでください」

すると、彼女をじーっと俺を見つめてきた。

「な、なんですか」

「京四郎くんって、いい子だね」

「別にいい子ってわけじゃ……」

「ううん、いい子だよ。きっと、あの子が君を呪いたいって言ったのも、なにか誤解があるんだと思う」

「そうだといいんですけどね」

スマートフォンで時刻を確認すると、あれから三十分近くが経っていた。

「すみません、先輩。俺、そろそろ帰らないと」

「わかった。ぼくは片付けがあるから先に帰ってて」

「そうさせてもらいます」

俺は言った。

「さようなら、冥先輩」

「うん。またね、京四郎くん！」

冥先輩に見送られて、俺は教室をあとにする。

誰もいない廊下を歩きながら、思わず呟く。

「……またね、か」

次があるとは思えない。ただの社交辞令だろう。

それでも、ひさしぶりの別れの挨拶はひどく懐かしくて……どこか寂しい響きがした。

6

翌日の昼休みのことだった。

昼食を終えた俺は、自分の席で小説を読んでいた。クラスメイトたちの談笑も慣れてしまえば喫茶店に流れる音楽と変わりなく、穏やかな気持ちで読書を楽しんでいた。

物語はクライマックスだ。主人公が容疑者である探偵たちを広間に集め、さぁ最後の推理を披露しよう――というところで、声が聞こえた。

「上賀茂京四郎くん、いますか？」

聞き覚えのある声だった。

顔を上げると、思ったとおり、冥先輩が入り口付近にいる男子生徒と話していた。

「カミガモ？　いたっけ、そんなやつ」

「さあ？」

皆が首を捻る。

どうして冥先輩が俺のところに……？

不思議に思っているうちに、冥先輩は教室中の視線を集めていた。

「あの子、誰？」「え、まって。可愛くない？」「うちって中等部あるんだっけ？」「先輩らしいぞ」「嘘でしょ⁉」「でかっ」「何しに来たんだろ」「知り合いがいるのかな」

今、冥先輩に見つかりでもしたら、俺まで注目の的になってしまう。

俺は読みかけの小説を机にしまうと、こっそり席を立った。

「だから、京四郎くんだよ！　このぐらいの身長で、髪が黒くて、普通の……うぅ〜、特徴がないっ……！」

後方のドアから廊下に出て、もどかしそうにする彼女の背後を素知らぬ顔で通りすぎた。クラスメイトには顔を見られたはずだけど、当然のようにスルー。よし、完璧だ。このまま男子トイレに入れば見つかることもないだろう。

と、勝利を確信したときだった。

「見つけたよ、京四郎くん！」

ぎくりとして振り返ると、冥先輩がふんぞり返って立っていた。どうして気づかれたのだろう。

彼女は俺を階段の踊り場まで引っ張っていくと、辺りをきょろきょろと見回して、ひと目がないことを確認してから言った。

「あのこと、誰にも言ってない？」

「あのこと？　ああ、黒魔術のことですか？」

「しっー！」

「言ってません」

そう答えると、冥先輩はほっと胸を撫で下ろした。

「もしかして、それを確認しに来たんですか？」

「あ、ううん。ちょっと京四郎くんにお願いしたいことがあるんだ。ここだと誰かに聞かれるかもしれないから――」

冥先輩は踊り場にやってきた女子生徒のグループをやり過ごしてから言葉を継いだ。

「今日の放課後、またあの教室に来てよ」

「あの教室って……旧校舎の？」

冥先輩が真剣な顔で頷く。そして、こちらの返事を待たずに階段を駆け上がっていった。断られるとは微塵も思っていないようだった。

あっという間に姿を消した次の瞬間、彼女はひょっこりと階段脇から身を乗り出した。

「待ってるからね！」

その笑顔は、まるで呪いのようだった。

†

「……来てしまった」

放課後、俺は旧校舎の教室の前に立っていた。

ため息混じりに教室のドアをノックすると、先に来ていた冥先輩が扉を開けてくれた。

「待ってたよ！　さ、入って入って」

誘われるまま俺は教室に足を踏み入れた。昨日あった巨大な魔法陣は、綺麗さっぱり消えていた。

「それで、俺に頼みたいことってなんですか？」

「…………」

冥先輩は無言で扉を閉じた。

「先輩……？」

彼女は真剣な瞳で俺を見つめ、ずんずんと近寄ってきた。体は小さいのに、やけに迫力がある。思わず後ずさったけれど、すぐに窓際まで追い詰められてしまった。逃げ場を失った俺を冥先輩が見上げる。距離が近い。

「京四郎くん！」

「は、はい」

冥先輩は胸元で両手を組むと、まるで神様に祈るかのように叫んだ。

「お願い！　君を呪わせてっ!!」

……………なんだって？

「また誰かが祈ってたんですか？　俺を呪ってほしいって」

「ううん。そういうわけじゃないんだけど……」

「なら、どうして？」

「京四郎くんで黒魔術を練習させてほしいの」

「練習？」

彼女は真剣な顔で頷いた。

「ぼく、どうしても黒魔術がうまくなりたいんだ。今まではニュースで見た悪い人を呪ったりしてたんだけど、一回もうまくいったことなくて……。けど、京四郎くんにはうまくいったでしょ？」

俺のラーメンがのびたのは、黒魔術ではなく食堂のおばちゃんのせいだと思う。

沈黙を肯定と受け取ったのか、冥先輩は話を続けた。

「それで、ぼく思ったんだ。京四郎くんは呪いやすいんじゃないかって！　ほら、お腹を壊しやすいとか、肩がこりやすいとか、ああいうのと一緒で、京四郎くんは呪いやすいんだよ。だから、未熟なぼくでもうまく呪えたってわけ」

「そんな馬鹿な」

「ううん！　絶対そうだよっ！」

その自信はいったいどこから来るんだ。

「君を呪えば、黒魔術のコツがつかめるような気がするんだ。だから、お願い！　呪わせてっ！　京四郎くんはいつもどおり過ごして、なにか不幸なことがあったらぼくに教えてくればいいから！」

付き合う義理はもちろんないけれど、なにやら切実な事情がありそうだ。

そもそも呪われて困るかといえば、そういうわけでもない。俺は黒魔術を信じていない。万が一そんなものがあったとしても、ラーメンがのびる程度の不幸ならどうってことはないだろう。

むしろ、もしここで断って下手に付きまとわれるようなことになったら、それこそ最悪だった。

「……わかりました。俺でよければ協力します」

「ほんとっ⁉」

「ただし、条件があります」俺は片手を広げた。「学校で俺に話しかけないでください。今日みたいに教室に来るのもだめです」

「どうして？」

「冥先輩と一緒にいると目立つからですよ」

昼休みの教室を思い出す。クラスのほぼ全員が冥先輩に注目していた。そんな彼女から話しかけられでもしたら「あいつは誰だ」と俺にまで注目が集まってしまう。それだけは避けたい。

「この条件を飲んでくれるなら協力します。冥先輩は黒魔術の練習ができるし、俺は今までどおりの生活を送れる……悪くない条件のはずです。どうしますか？」

「……わかった。京四郎くんがそう言うなら」

「じゃあ、そういうことで」

契約成立だ。

まぁ、俺にはなんの得もないわけだけど。

「確認ですけど、俺はいつもどおりに過ごして、なにか不幸なことが起きたら冥先輩に教えればいいんですね？」

「うん。お願い！」

「わかりました。それぐらいなら簡単に…………………ん？」

待てよ。

不幸なことがあったら冥先輩に教える？

……どうやって？

「それじゃあ、京四郎くん」

クエスチョンマークを頭の上に浮かべる俺に、冥先輩が笑いかける。

彼女の手には、黒いスマートフォンが握られていた。

「連絡先、交換しよ！」

7

帰宅後、椅子に座って小説の続きを読もうとしたけれど、どうにも集中できなかった。

スマートフォンを手に取り、登録された連絡先一覧を見る。

ほんの数時間前まで家族の名前しか並んでいなかったその場所に『沙倉冥』の名前があった。

「……まぁ、不幸が起きなければ連絡しなくていいわけだし、110番を登録したみたいなものだよな」

そう自分を納得させて読書に戻ろうとした瞬間、手の中のスマートフォンが振動した。

『はろー。元気？』

冥先輩からのメッセージだった。
前言撤回。110番から連絡は来ない。
なんて返せばいいか迷ったけれど、無難に『元気です』と返しておく。
返信はすぐに来た。
『風邪引いてない？』
『はい』
『お腹壊したりとかは？』
『大丈夫です』
『失敗かぁ』
『呪ったんですか』
『うん』
やけに心配してくると思ったら、呪いの効果を確かめていただけだった。
『今、おうち？』
『はい』
『何してるの？』
『小説を読んでます』
『本読むの好きなんだ』

『ええ、まぁ』

『なんて本？』

『疑わしき十人の名探偵、です』

『ミステリー？』

『はい』

『犯人は田中さんだよ』

『そんな登場人物はいません』

不幸を起こそうとするんじゃない。

俺はため息混じりにスマートフォンを机に置いて、読書を再開した。主人公の冴えた推理で謎が解かれ、犯人が自供を始めたところだった。

数ページ読み進めたところで、俺は再びスマートフォンを手にとって冥先輩にメッセージを送った。

『疑わしき十人の名探偵、読んだことあるんですか？』

『ないよ。なんで？』

『犯人が田中でした』

『そんな人いないんじゃなかったの？』

『犯人が偽名を使っていて、本名が田中だったんです』

『……もしかしてネタバレしちゃった？』

『そうなりますね』

『やっぱり君を呪うとうまくいくのかも！』

犯人をネタバレする呪いとはいったい……。

ただの偶然なのか、彼女が知らないふりをしているだけなのかはわからない。

それとも本当に黒魔術の効果なのだろうか？

「まさかな」

ひとり呟いたそのとき、妹のひなたがノックもせずに部屋に入ってきた。

「お兄ちゃん、ご飯できたってー」

「ああ、わかった」

俺は先輩に『これから夕食なので失礼します』と送って、椅子から立ち上がった。その様子を見ていたひなたが意外そうに訊いてくる。

「お兄ちゃんがスマホ見てるなんて珍しいね」

「そうか？」

「うん。絶対、読書か勉強してると思ってた。なにしてたの？」

「なにって……」

しっくりくる表現は、一つしか思いつかなかった。

「ボランティア、かな」

8

翌日、移動教室で五階の音楽室へ向かっていると、前方から二年の先輩たちがやってきた。

二年生だとすぐにわかったのは、そこに冥先輩がいたからだ。

同学年の女子生徒と並ぶと、彼女の背の低さは一目瞭然だ。遠くからでもひと目で彼女とわかる。

数人の友達とにこやかに談笑しながら歩く彼女は、放課後に黒魔術を嗜んでいるようには見えない、かわいい女子高校生だった。

ふと冥先輩と目が合った。彼女は、ぱっと表情を明るくすると、ひらひらと小さく手を振ってきた。俺は振り返さなかった。

「おい、今の沙倉先輩だよな？」

彼女とすれ違った直後、前を歩いていたクラスメイトがにわかに騒ぎ始めた。

「ああ！　俺、手振られちゃったぜ」

「馬鹿、あれは俺に振ったんだよ！」

アイドルにでも会ったかのような騒ぎだ。いつもならスルーするけれど、妙に気になった。

「ちょっといいかな？」

「うわっ！」

背後から話しかけると、彼らは肩をはねさせて振り返った。

「びっくりした……なんだよ？」

「あの先輩、有名なの？」

彼らは顔を見合わせた。

「お前、神河学園の聖女を知らないのか？」

「神河学園の……なんだって？」

「聖女」

「誰が？」

「沙倉先輩だよ」

「…………魔女じゃなくて？」

「なに馬鹿なこと言ってんだ」

彼らは憤慨しながら『沙倉冥』について教えてくれた。

曰く、美人が多いこの神河学園において、一・二を争う美少女である。

曰く、学園内でもトップクラスの人気を誇り、男女問わず友達が多い。

曰く、実家が教会で、敬虔なクリスチャンである。

曰く、迷子の親を一日かけて探し回った。

曰く、電車で痴漢をした男をやさしく諭して自首させた。

曰く、あの豊かな胸は慈愛の塊である。

曰く、曰く、曰く――。

聞けば聞くほど、誰の話をしているのかわからなくなっていく。

クラスメイトは、もはや俺の存在を忘れて冥先輩の話題で盛り上がっていた。

「沙倉先輩って彼氏いんのかな？」

「いないんじゃね？」

「でも、一年に仲の良い男がいるらしいじゃん」

「まじかよ⁉」

「階段で話しているところを見たやつがいるんだよ」

「……待てよ。そういや、この前うちのクラスに来てたよな？　誰か探してなかったか？」

「あったあった！　え、じゃあ、そいつが仲の良い男？」

「かもしれない」

「うちのクラスかよ。名前は？」

「なんだっけな……『か』で始まる名前だったと思うんだけど」

「はっきりしろよ」

「待てって。ここまで出かかってんだ。か……か……思い出した！　神林恭一郎だ！」

「神林？　そんなやつ、うちのクラスにいたっけ？」

「……いないなぁ」

首を傾げる彼らに「ありがとう」とお礼を言って俺は歩き出した。

音楽室の席に座ると、ポケットの中でスマートフォンが震えた。先輩からのメッセージだった。

『無視はひどくない？』

さっきすれ違ったときのことを言っているのだろう。俺は返信した。

『学校では話しかけない約束でしょう』

『手を振っただけだよ』

『ルールの穴を突こうとしないでください』

『えー』

『とにかく、手を振るのも禁止です』

『ちぇー。じゃあ、そのかわり今日の放課後、教室に来てよ』

『なにがかわりなのかわかりません。どうしてですか？』

『黒魔術は、呪う相手の名前と顔がわかっていないとだめなんだ』

『わかってるじゃないですか』

『そうなんだけど』

『だけど？』

『会ってないと、京四郎くんの顔、忘れちゃいそうで……』

『……』

『写真送ってくれるのでもいいよ』

『行きます』

他人に自分の写真を送るなんて、俺にしてみれば拷問みたいなものだ。

『予定もないので、顔を出すだけでよければ』

『ありがとう！　じゃあ、放課後ね！』

†

そういうわけで、放課後、俺は聖女に呪われていた。

「エロイムエッサイム、エロイムエッサイム、我は求め訴えたり……神河学園一年D組、上賀茂京四郎に呪いあれ！　かのものに災いあれ……！」

魔法陣の中心で、黒い三角帽子とローブを身に着けた冥先輩が、短い杖を指揮棒のように振っている。これがアニメなら風が吹き荒れ魔法陣が輝いたりするのだろうけど、現実に演出効果はなかった。吹奏楽部の調音が、本校舎からファーと漂ってくるだけだ。黒魔術の儀式というには、だいぶのほほんとしていた。

儀式を終えた冥先輩が、やりきった顔で俺を見た。

「どう？」

「なんていうか……ずいぶんあっさりしているんですね。黒魔術の儀式っていうから、もっとおどろおどろしいものを想像してました」

「本当は鶏の生き血とか使うんだけどね。怖いし、鶏さんかわいそうだし、色々省略してみました」

「そんないいかげんな……」

「大丈夫、大丈夫。黒魔術で大事なのは、想いの強さだからね。それで、なにか不幸なことは起きてない？」

「このとおり、無事ですよ」

「そっかぁ。うーん……効果が出るまで時間がかかるのかも」

ぶつぶつと呟きながら、冥先輩は窓際の机に近寄り、鞄から黒いノートをとりだした。

「なんですか、それ？」

そう尋ねると、彼女は得意げに表紙を見せてきた。やけに可愛らしい字で『魔術書』と書いてある。『極秘！』という字も添えられていた。

「そうだよ。世界に一つだけの、ぼくだけの魔術書。色んな儀式のやり方を書いてあるんだ。あ、見ちゃだめだからね！」

「手書きですか？」

「見ませんよ」

冥先輩はしばらくノート——お手製の魔術書を見つめていたけれど、「やっぱり時間がかかるのかも」と呟くと、ぱたんと閉じた。三角帽子を脱いで、ノートと一緒に机に置く。

「ちょっと休憩！　京四郎くん、せっかくだしお話しようよ」

冥先輩は、向かいの席をちょいちょいと指差した。座って、ということらしい。断るとあとが面倒そうなので、俺は従うことにした。

「話すって何をですか？」

「えーっと、そうだなぁ……京四郎くんって、友達いないの？」

「先輩。遠慮って知ってます？」

「廊下ですれ違ったとき、京四郎くん一人だったでしょ？　この前、君のクラスにいったときも、誰も京四郎くんのこと知らないみたいだったし。もしかして、イジメられてる？」

「違いますよ」

冥先輩は心配してくれているみたいだけど、それは大きな誤解だ。

俺は、決していじめられているわけではない。

「先輩のクラスって何人いますか？」

「んー、四十人くらいかな」

「全員の名前を言えますか？」

「……たぶん」

「大抵、一人か二人は名前が出てこないんです。悪気はないし、いじめているわけでもないけれど、思い出せないクラスメイト。皆にとってのそれが、俺です」

「わかったような、わかんないような……。寂しくないの？」

「まったく。友達がいないから寂しいっていうのが、どういうことなのか俺にはわかりません」

「ふぅん」

「冥先輩は友達多そうですよね」

「まぁ……ね」

意外な反応だった。自信満々に「もちろん」と言うものだと思っていた。

彼女が言った。

「京四郎くんは、ぼくが皆からなんて呼ばれてるか知ってる？」

「神河学園の聖女……ですか？」

「そう、それ！　最初は友達が言ってただけなんだけど、気づいたら学校中に広まっちゃって……。困っちゃうよね。ぼくは聖女なんかじゃないのにさ」彼女は呟く。「本当のぼくを知ったら、皆どうするんだろ」

「……一つ訊いてもいいですか？」

「なに？」

「先輩は、どうして黒魔術をしてるんですか？」

ずっと気になっていた。

出会ったときは立ち入ったことを訊くべきではないと思ったけれど、沙倉冥を知れば知るほど、それは興味深い謎に変わっていった。

「……誰にも言わない？」

「はい」

俺は頷く。

彼女は、それでも言いにくそうにもじもじしていたけれど、やがて消え入りそうな声で呟いた。

「…………………背をおっきくしたくて」

「はい？」

「だから！　背をおっきくしたいのっ！」

冥先輩は耳まで顔を紅潮させて、椅子から立ち上がった。

「見てよ、この身長！　中一の頃からぜんっぜん伸びてないんだよ！　皆から子供みたいに見られるし、日直で黒板を消すのだって大変なんだからっ！」

冥先輩は黒板の前に立って、手を伸ばしてみせる。うんと背伸びをしても、黒板の上部にはまったく手が届かない。

「冥先輩の身長って何セン……なんでもないです」

睨まれた。聞いてはいけないことらしい。

とにかく冥先輩は身長にコンプレックスをもっていて、黒魔術でそれを解消しようとしていた。

「けど、どうして黒魔術なんですか？　冥先輩って家が教会なんですよね。神様に願えばいいじゃないですか」

「願ったよ！　『どうかぼくの身長をおっきくしてください』って、もう毎日っ！　でも、身長は全然伸びないのに、胸ばっかりおっきくなって！　……京四郎くん？　どこを見てるのかな？」

ジト目で冥先輩に睨まれる。しかたないじゃないか。そんなことを言われたら確認したくもなる。

冥先輩は「まったくもう」と半ば呆れ気味にため息を吐くと、話を戻した。

「とにかく、ぼくは気づいたんだよ。神様は願いごとを叶えてくれないって」

「それで黒魔術に……？　背を伸ばす黒魔術なんてあるんですか？」

「ないよ」

「ええ……」

「黒魔術は呪いだからね。他人ならともかく、自分の背を伸ばすのは無理」

「じゃあ、だめじゃないですか」

「ちっちっち。甘いよ、京四郎くん。三日月堂のショートケーキより甘々だよ」

三日月堂は、天塚駅前にある洋菓子店だ。とても人気で、名物のショートケーキは他県からわざわざ食べに来る人がいるほどだ。だからなんだというわけではないけれど、冥先輩は言った。

「自分をおっきくできないなら、皆をちっちゃくすればいいんだよ」

「……皆って？」

「皆は、皆だよ。世界中の人が小さくなれば、黒板も、電車の吊り革も皆に合わせて低くなるし、ぼくを子供だと思う人もいなくなるでしょ？」

「じゃあ、先輩は自分を相対的に大きくするために、黒魔術で世界中の人を小さくしようとしてるんですか？」

「ふっふっふ。どう？　驚いた？」

「驚きました」

別の意味で。

「そういうわけで、京四郎くんには実験台になってもらいます」

「練習台ですらなかった……」

「来週、身体測定があるでしょ？」

「はい」

神河学園では毎年四月に全校生徒の身体測定が行われる。今年の身体測定は今日から五日後に控えていた。

「これから毎日、京四郎くんに背がちっちゃくなる呪いをかけるから、身体測定が終わったら結果を教えてね！」

「……わかりました」

水を差す気にもなれず、俺は素直に首を縦に振る。

黒魔術を嬉しそうに語る彼女には、間違いなく『聖女』より『魔女』の称号の方が似合っていた。

9

冥先輩の頼みで、それから毎日、俺は放課後の旧校舎に立ち寄ることになった。

呪われている間は小説を読んで、儀式が終わった後は不幸が起きるのを待ちながら冥先輩と話をした。教室を出る頃には綺麗さっぱり忘れてしまうような、そんな他愛もない話だ。話し始めるのは、決まって冥先輩だった。

「京四郎くん、またぼくのこと無視したでしょ！」

今朝のことだ。登校したときに昇降口で冥先輩と会ったのだけど、にっこりと笑いかけてくれた先輩を無視して俺は階段を上がっていった。話しかけたのでも手を振ったわけでもないから約束は破ってない、というのが彼女の主張だった。

「しかたないじゃないですか。まわりにたくさん人がいたんですから」

「それがどうして無視していいことになるのさ」

「冥先輩は有名なんですよ。そんな人と笑い合ってるのがバレたら、目立つじゃないですか」

「いいじゃん、目立っても」

ぷぅと頬を膨らませる彼女。

可愛く言っても、ダメなものはダメだ。

「目立っていいことなんて一つもないですよ。出る杭は叩かれます。それこそ地面に埋まって、二度と出てこれないようになるまで叩かれ続けるんです」

「そんなことないと思うけど」

「ありますよ。実際、そうでしたから」

「え？」

「よくある話です」

　小学一年生の春のことだ。

　クラスでいじめが起こった。きっかけはよくわからない。今となっては誰も知らないだろう。とにかく、気づいたときには一人の女の子が孤立していた。

　皆でその子の悪口を言ったり、あることないこと言いふらしたり、彼女に触れて「ばい菌がついた」と鬼ごっこを始めたりした。

　きっと悪気はなかった。

　あったのは、むしろ正義感の方だ。

　その子はクラスの悪者で、皆は悪をこらしめる正義の味方だった。黒板に悪口を書いても、教科書にいたずら書きをしても、上履きを隠しても、なにをしても許される。しかたがない。悪いのはクラスの空気を乱すその子の方だ。悪者をこらしめてなにが悪い。たぶん、皆そう考えていた。自分たちが間違ったことをしているなんて、みじんも思っていなかった。

　もちろんクラスの全員がイジメに加担していたわけではないけれど、誰も止めようとはしなかった。俺もその一人だった。いつか終わるだろうと期待して、見て見ぬふりをしていた――あの日までは。

いじめが始まってから三ヶ月ほど経った頃、ある男の子が、悪口を言っても無視されることに腹を立て、その女の子の髪を引っ張った。綺麗に編まれた三編みがぐちゃっと崩れ、彼女の痛々しい悲鳴が教室に響いた。

「やめろよ」

口が勝手に動いていた。

空気が凍るとはあのことだ。騒がしかった教室がしんと静まり返り、皆の視線が俺に集まった。その女の子も、驚いたように俺を見ていた。

心臓の音がうるさいぐらいに鳴っていた。男の子が文句を言ってきたけれど、よく覚えていない。俺は無言のまま彼を睨んでいた。

すぐに先生が教室にやってきて、その場はそれきりになった。皆行儀よく席について、何ごともなかったように授業が始まった。

彼を止めたことに後悔はなかった。これでなにかが変わるかもしれないと、淡い期待さえ抱いていた。皆の目が覚めて、また仲良くやれるんじゃないか。本気でそう思っていた。

「次の日から、いじめの標的は俺に変わっていました」

二人きりの教室で俺は言った。

「その子がされていたことを、今度は俺がやられるようになりました。友達だと思っていた皆も、俺が話しかけるとそっと離れていくんです。巻き込まれたくなかったんでしょうね。俺が歯向かった彼は、クラスのリーダーだったから」

あいつ、無視しようぜ。

彼がクラスの皆にそう言いつけていたと知ったのは、ずいぶん後になってからだ。

いつのまにか俺はクラスの悪者になっていた。

「なにをしても無視されるから、息をひそめて生きることにしました。影が薄いというのも悪いことばかりじゃありません。いつしか皆から忘れられて、いじめはなくなっていました。それで気づいたんですよ。誰の目にも映らなければ、叩かれることはないんだって。だから――俺は空気になりたいんです」

それが、この昔話の結末だ。

教訓といってもいい。

すると、それまで一言も口を挟まなかった冥先輩が口を開いた。

「いじめられてた女の子はどうなったの？」

良い質問だった。

「一週間後に転校しました」

朝のホームルームで、担任の先生から転校の事実が告げられた。親の転勤、というのが表向きの理由だった。

　今思えば、クラスメイトからどんなに悪口を言われても耐えていた彼女は、嵐が過ぎ去るのを待つ旅人のようだった。あと少し我慢すれば、この教室から離れられる。その希望だけが彼女を支えていたのではないか。

「馬鹿みたいですよね。俺がなにもしなくても、彼女は助かっていたんですから。無意味だったんです、俺がしたことなんて」

「それは違うよ」

　思いのほか力強い彼女の声に、俺は驚いて顔を上げた。

　冥先輩が、真剣な眼差しで俺を見つめていた。

「京四郎くんは、その子を救ったんだよ。もし君が止めてなかったら、その子はもっとひどいことをされてたかもしれない。それに、ずっと一人ぼっちで心細かったと思うんだ。君が止めてくれて、その子は『一人じゃないんだ』って思えたんじゃないかな」

「……そうでしょうか」

「うん。きっとそうだよ」

　冥先輩が微笑む。

　それだけでなにもかも許されるような、ひだまりみたいな笑顔だった。

　神河学園の聖女。

　どうして彼女がそう呼ばれているのか、ほんの少しだけわかった気がする。

「京四郎くんをいじめた人たちって、今どうしてるのかな」

　感心する俺をよそに、冥先輩がそんなことを言った。

「さぁ。考えたこともなかったですね。俺も中学に入るときに引っ越したから、それ以来会っていません」

「ふーん。じゃあ、その人たちの名前、覚えてる？」

「まぁ、数人なら」

「教えて」

　それを知ってどうするのかなんて、聞くまでもない。

　彼女の瞳が怒りに燃えていた。

「冥先輩？」

「たぶん、その人たち京四郎くんのこと覚えてないよ。ううん、自分が誰かをいじめてたことも忘れて、どこかで幸せに暮らしてるんだ。そんなのずるいと思わない？」

「昔の話ですよ」

「十年も経ってない」

「彼らだって反省してるかもしれません」

「反省すれば許されると思ったら、大間違いだよ」

「懺悔ってなんでしたっけ」

彼女が怒る理由なんてどこにもないはずだ。

自分がいじめられたわけでも、なにか不利益を被ったわけでもない。

なのに、彼女は怒っている。

俺みたいな他人のために。

きっと俺を呪ったときもそうだったのだろう。

礼拝堂で願いを聞いて、我慢できなかった。

なにかをしたいと思って、そのとおり行動したのだ。

「京四郎くんは、どうしたい？」

そう問いかける彼女は、聖女か、魔女か。

どちらだろうと、かまわなかった。

「……冥先輩、これだけは勘違いしないでほしいんですけど」

「なに？」

「俺だって、怒ってないわけじゃない」

それを訊いて、冥先輩は微笑んだ。

迷える羊を導く聖女のように。

あるいは、悪の道に引きずり込む魔女のように。

俺は教壇に上がり、チョークで三人の名前を殴り書いた。

「藤原遊助、川端丈瑠、大林琢也」

口にして初めて、全然忘れられていなかったのだと気づいた。

「特にしつこかった奴らです。けど、顔まではわかりませんよ。黒魔術には名前と顔がいるんでしょう？」

「大丈夫！　言ったでしょ？　黒魔術で一番大事なのは想いだって」

「むちゃくちゃだ」

笑ってしまう。

もうなんでもありじゃないか。

「ぼくにまかせて」

冥先輩は三角帽子をかぶると、黒いローブをはためかせて魔法陣の中心に立った。

短い杖を振り上げて、呪いの言葉を唱え始める。

まるで歌うように。

神も、悪魔も、黒魔術も、俺はまったく信じていないけれど。

今このときだけは、そういうものがあってほしいなと心から願った。

10

「──それでは、ホームルームを終わります。みなさん、気をつけて帰ってくださいね」

マリア先生のやさしい声が、放課後の始まりを告げる。

一人、また一人と教室を出ていって、いつのまにか残っているのは俺だけになっていた。世界にたった一人取り残されたみたいな気分だった。

誰もいない教室で、俺は机の引き出しから二枚の紙を取りだした。一つは今日行われたばかりの身体測定の結果、もう一つは家から持ってきた昨年の結果だった。

これを見せたら冥先輩はどんな顔をするだろう──そんなことを考える自分が信じられなかった。ほんの一週間前までは家族以外の誰ともかかわらず、空気のように生きてきたのに……。

「あら？」

不意に聞こえた声に顔を上げると、担任のマリア先生が教室の入り口から顔をのぞかせていた。忘れ物でもしたのだろうか。

「あなた、うちのクラスの子だったかしら？」

クラスの男子による人気投票で並みいる女子を押さえて一位を獲得した美貌の女教師が、穏やかな口調で言った。

「一人でなにをしているの？」

「友達を待っているんです」

　もちろんデマカセだ。悪目立ちしたくなかった。

「そうですか」

　マリア先生は微笑み、なぜか俺の方に歩み寄ってきた。前の席の椅子を引いて、横向きに腰掛ける。ふわりとやわらかい匂いがした。

「なにか悩みがあるようですね」

「え……？」

　図星を突かれた俺を見て、先生はふふっと笑った。

「顔に書いてあります。私でよければ相談にのらせてください」

　入学初日に彼女が言っていたことを思い出す。

　困ったことや訊きたいことがあればいつでも言ってくださいね——よくある挨拶だと思っていたけれど、本気だったみたいだ。

　この人になら話してみてもいいかもしれない。そんな気がした。

「……質問してもいいですか？」

「はい」

「人生に友達は必要でしょうか？」

友達なんていなくても、一人の時間と本さえあればいい。

小学一年生のあの日から、俺はずっとそう信じて生きてきた。

なのに、今はわからなくなってしまった。

友達なんていらない、そう心の中で呟くたびに思い出してしまう。

突然、俺の前に現れた魔女の笑顔を――。

「……もう答えは出ているようですね」

俺の顔をじっと見つめていたマリア先生が、ふっと表情を緩めた。

「人生に正解はありません。大切なのは、あなたがどうしたいかです。自分の心に素直になって行動すれば、おのずと道は開けます。ここ、テストに出ますからね」

その言葉で心が軽くなるのを感じた。

鞄と身体測定の結果を手に、椅子から立ち上がる。

「ありがとうございます、先生。俺、行かないと」

「行ってらっしゃい。また悩みがあったら、いつでも言ってくださいね」

「はい」

マリア先生に頭を下げて教室を出る。

冥先輩は、まだあの教室で待ってくれているだろうか。

駆け出そうとした俺の背に「廊下は走っちゃだめですよー」とマリア先生の声がかけられた。

†

老朽化したドアの前に立ち、何度か深呼吸をする。

緊張していることを自覚しながら、ドアを三回ノックした。

「上賀茂です」

返事はなかった。

もしかしたら、いつまで待っても俺が来ないから帰ってしまったのかもしれない。

けれど、ドアを開けて中を窺ったら、その理由はすぐにわかった。俺は教室に入り、足音を立てないように窓際の席に近づく。

冥先輩が机に俯せになって眠っていた。両腕に頭をのせて、気持ちよさそうに寝息を立てている。

聖女と呼ばれるにふさわしい清らかな横顔に、危うく見惚れそうだった。

「冥先輩、起きてください。こんなところで寝てたら風邪ひきますよ」

「ん……」

体を揺すると、彼女がうっすらと瞼を開けた。上半身を起こし、ぼんやりとした瞳で俺を見る。

「……京四郎くん？」

「はい」

「そっか、京四郎くんかぁ……って、京四郎くん!?」

冥先輩は慌てた様子で口元を拭った。

「よだれとか出てない!?」

「大丈夫ですよ」

「よ、よかったぁ……」

彼女はほっと胸をなでおろすと、椅子に座ったまま大きくのびをした。

「京四郎くんがなかなか来ないから、うとうとしちゃった」

「すみません、遅くなって」

「ううん。でも、なにかあったの？」

「いや、そういうわけじゃないんですけど……」

マリア先生の言葉を思いだす。

大切なのは、俺がどうしたいか……。

「冥先輩」

「なに？」

「あ、いや……」

決意したはずなのに、土壇場になって言葉にするのをためらってしまう。かわりに二枚の紙を差し出した。

「身体測定の結果持ってきましたよ」

「ほんと⁉　見せて見せて！」

「こっちが今日の結果で、こっちが中三のときの結果です」

冥先輩は二つの結果を食い入るように見比べた。

「去年の身長は一六七・二センチ……今年は……一六七・一センチ……？」

冥先輩の顔がみるみるうちに歓喜に染まっていく。

「一ミリちっちゃくなってる！」

「誤差だと思いますけど」

「違うよ！　ぼくの黒魔術が効いたんだ！　絶対にそう！」

「どこからその自信が出てくるんですか……たった一ミリなのに」

「京四郎くんにとってはちっちゃな一ミリでも、ぼくにとってはおっきな一ミリだよ！」

「名言っぽく言わないでください」

冥先輩は俺の言葉なんて聞こえていないかのように、にこにこと笑っている。予想どおりの反応で、俺は頬が緩むのを我慢できなかった。

まぁ、いいか。喜んでいるみたいだし。

「よかったですね」

「うん！　ありがとう、京四郎くん！」

「俺はなにもしてませんよ。たまに連絡したり、ここに来て小説を読んでいただけですから」

「そんなことない。全部君のおかげだよ。そうだ、なにかお礼しないとね！　誰か呪ってほしい人とかいない？」

「そんなにたくさんいませんって」

「えー。じゃあ、願いごと！」

「願いごと？」

「そう。神様のかわりに、ぼくが京四郎くんの願いを叶えてあげる」

「なんでもいいんですか？」

「うん。なんでもいいよ」冥先輩は、はっとして両腕で胸を隠した。「え、えっちなこと以外なら……」

「先輩は俺をなんだと思ってるんですか」

「健全な高校一年生の男の子」

「あってますけど……しませんよ、そんな願いごと」

「本当に？」

「たぶん」

「たぶん⁉」

冥先輩がますます顔を赤くする。それが面白くて、ついからかってしまった。

「冗談です。願いごとなら、もう決まってます」

澄んだ海のように綺麗な瞳をまっすぐに見つめ、俺は願う。

「冥先輩。俺と友達になってください」

恥も外聞も捨てて、素直に言ってしまえば、楽しかった。

この一週間、冥先輩に呪われる毎日が楽しくてしかたなかった。

彼女と友達になれば、こんな日々がこれからも続くのだろうか。だとしたら、悪くない。そんなふうに思ってしまうぐらいには。

先輩は、どう思っていたのだろう。

彼女にとって俺は実験台でしかない。突然『友達になってください』なんて言って、困らせてしまっただろうか……。そんな後悔に襲われていると、彼女が言った。

「いいよ」

「か、軽い……」

おはよう、ぐらいの気軽さだった。

「これからよろしくね。でも、京四郎くんがそんなことを願うなんて思わなかったよ」

「ダ、ダメでしたか？」

「そういうわけじゃないけど……ちょっとショックかな。ぼくはもう京四郎くんと友達のつもりだったから」

「えぇ……？」

何を言っているんだ、この人は。

「いつ俺たちが友達になったんですか？」

「京四郎くんが初めてここに来た日」

「最初じゃないですか」

「二人で話して『またね』って言ったでしょ」

「それで友達になるんですか？」

「ならないの？」

「なりませんよ」

「えー。そうかなぁ」

冥先輩は納得がいっていないようだ。

「はぁ……断られるかもとか悩んでた俺が馬鹿みたいじゃないですか」

「ふーん。京四郎くん、そんなこと思ってたんだ」

「あ」

しまった。

「いや、あの……今のは聞かなかったことに……」

「だーめ♪」

冥先輩がいたずらっぽい視線で俺を見上げる。俺の方が体はずっと大きいのに、この人には敵う気がしないのはどういうことだろう。

いったい誰だ、彼女を『神河学園の聖女』なんて呼ぶ人は？

ため息まじりに俺は呟く。

「やっぱり魔女じゃないか……」

それを訊いた冥先輩は、嬉しそうに笑った。

「そうだよ、ぼくは魔女なんだ。聖女のふりをした魔女。皆には内緒だよ」

人差し指を唇に当て、彼女は完璧なウィンクをする。

その仕草がとても魅力的で、らしくもなくドキリとしてしまったのは、内緒だ。

第2章

孤高の天才少女

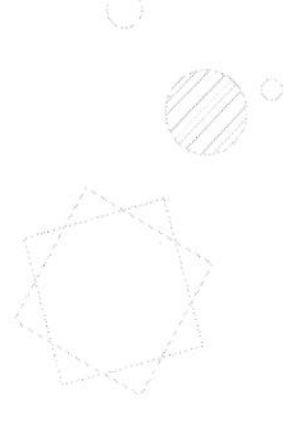

Gakuennoseijo ga orenotonari
de kuromajutsu wo
shiteimasu xxx

1

「京四郎、高校にはもう慣れたか？」

冥先輩と友達になった次の日、家族四人が揃う朝の食卓で父さんがなにげなく訊いてきた。

「慣れたと言えば慣れたかな」

目玉焼きの載ったトーストにかじりつく。半分にかじられた卵から半熟の黄身がとろりと溢れ、パン生地に染み込んだ。今朝のメニューは洋風で、ほかにはカリカリに焼かれたベーコンと、プチトマトで彩られたミニサラダが置かれている。

「そーか、そーか」

父さんはゆっくりと頷き、言った。

「なら、そろそろ友達もできたんじゃないか？」

やっぱりそれか。

入学初日以来訊いてこなかったけれど、我慢できなくなったらしい。

「もう、お父さん。やめましょうよ。京四郎の好きにさせようって決めたじゃない」

「そーそー。お兄ちゃんが友達つくるわけないじゃん」

「別にいいって。あと、友達できたよ」

「そうか。まぁ、気にするな！　たとえ友達ができなくても、お前は自慢の息子………ん？」

父さんが顔をしかめる。母さんとひなたも、食事の手を止めて、まじまじと俺を見た。

「京四郎。今、なんて言った」

「友達できたよ」

「「「えぇええええええええええええええええ!?」」」

家族が立ち上がって絶叫した。

「ほ、本当か!?　本当に友達ができたのか!?」

「悪い人に騙されているんじゃないでしょうね!?」

「お兄ちゃん、熱あるんじゃない!?　病院行こうよ！　ひなたもついていくから！」

三人が身を乗り出して俺に詰め寄ってくる。

「落ち着いてよ。近所迷惑だって」

「これが落ち着いていられるか！　もう一度訊くぞ。友達ができたんだな……？」

「うん」

「そうか……そうかっ！　どんな人なんだ？」

「学校の先輩」

「先輩？　いつのまに部活に入ったんだ？」

「部活は入ってないよ」

「なら、どうやって知り合ったんだ」

　黒魔術で呪われて……なんて正直に話したら、心配されるに決まっていた。

「ボランティアだよ。ほら、ひなたには前に言っただろ、ボランティアをやってるって。そのつながりで知り合ったんだ」

「あぁ、あのときの！」

「なぁに、京くん。ボランティアやってたの？」

「ちょっとだけ。学校でやる機会があってさ」

　嘘は言っていない。たぶん。

「お兄ちゃんにお友達かー」ひなたが言った。「ねぇねぇ、その人格好いい？」

「いや……格好いいっていうより、かわいいかな」

「かわいい？　男の子なのに？」

「え？」

「え？」

　家族四人、顔を見合わせて固まった。沈黙を破ったのは、ひなただった。

「お兄ちゃん……もしかして……もしかしてだけど、その先輩って……女の子？」

「言ってなかったっけ？」

「言ってないよ！」

　ひなたが目を丸くした。父さんと母さんもうろたえている。

「写真は⁉　写真はないのか⁉」

「京くん！　今度、その子をうちに連れてきなさい！　ああ、でも、どうおもてなしすればいいのかしら！」

「ケーキ！　ケーキ買ってこよう、お母さん！　甘いものでつるんだよ！」

「あのさ……なにを期待しているのかわからないけど、先輩はただの友達だよ」

「わかってないなぁ、お兄ちゃん。最初は友達でも一緒にいるうちにだんだん惹かれ合っていくものなんだよ！」

「だめよ、ひなた。お兄ちゃんも初めての友達で戸惑ってるんだから」

「そうだぞ。余計な口出しをして変に意識してしまったらどうするんだ」

「聞こえてるよ」空になった食器とマグカップを持って、俺は席を立った。「ごちそうさま」

「あら、もう行くの？」

「今日は日直だから。じゃあ、行ってきます」

「車に気をつけてね」

　食器をキッチンのシンクまで運んでから、リビングを出る。

　それからまもなくして、家族三人のバンザイ三唱が聞こえてきた。俺に友達ができたことを祝っているようだった。

「だから、聞こえてるって……」

2

家を出て、まず自転車で天塚駅へ向かった。駅近くの駐輪場に自転車を停め、電車に乗り変える。そこから隣駅の『神河学園前』までは十分とかからない。

駅から学園へと続くゆるやかな坂道は、朝の静寂で満たされていた。いつもよりだいぶ早く家を出たせいだろう。道を歩く生徒はまばらで、道路を走る車もほとんどなかった。晴れ渡った空に浮かぶ白雲が風に流されるままのんきに漂っている。

日直だというのは嘘ではないけれど、たいしてやることもないから、すぐに終わってしまうだろう。ほとんどあの場から逃げ出す口実だった。

まぁ、あまった時間は小説を読んでいよう、と考えていたら、

「おっはよー!」

視界の隅から、黒髪の少女がひょこっと顔を出した。

冥先輩だった。前髪が少し乱れて息も少し上がっているのは、俺を見つけて走ってきたからだろうか。

「あれ？　京四郎くん？　おーい」

冥先輩がひらひらと手を振ってくる。

「すみません、こういうの慣れてなくて。……おはようございます、冥先輩」

「うん。おはよう」

太陽のような微笑みに、心が暖かくなるのを感じる。

俺はまわりを見回した。幸いなことに、こちらに注目している生徒はいなかった。

「京四郎くんはいつもこの時間なの？」

「いえ、今日は日直もあるから少し早く家を出ました」

「わっ、そうなんだ。奇遇だね。ぼくも日直」

そんな些細なことでも冥先輩は嬉しそうだった。

「あーあ、日直やだなぁ。制服、汚れちゃうし。この前も黒板消したら、胸のところが真っ白になっちゃって」

「……男子たちに見られてないか注意したほうがいいですよ」

「それ、遙華にも言われた」

「遙華？」

「ぼくの幼馴染。小学校のときから一緒なんだ。今は部活の朝練中かな」

「へぇ……。そういえば、冥先輩は部活に入ってないんですか？」

「入ってないよ。黒魔術の研究で忙しいからね」

「得意げに言われても……」

「あ、そうだ！　京四郎くん。『氷堂凛』って子、知ってる？」

「氷堂……？　いえ、知りません。一年ですか？」

「うん。なんかね、すっごく頭いいらしいよ。お父さんが有名な科学者で、その子も論文？っていうのをいくつも発表して、賞を取ったりしているんだって」

「それはすごいですね。けど、その氷堂さんがどうしたんですか？」

「その子なんだ。京四郎くんを呪ってほしいって願ってたの」

「……え？」

なんだ、それは。

「昨日、たまたま廊下ですれ違ったの。『あのときの子だ！』って思ってたら、一緒にいた遙華が教えてくれたんだ。その子が氷堂凛ちゃんだって。心当たりない？」

「まったく。名前だってさっき初めて知りましたよ」

「うーん……じゃあ、どうして京四郎くんを呪ってほしいなんてお願いしてたんだろ」

昇降口に入る。一年生と二年生の靴箱は分かれているので、ここでお別れだ。その前に言っておくべきことがあった。

「冥先輩。一つお願いしてもいいですか？」

「なに？」

「今までどおり、学校では俺に話しかけないでほしいんです」

「……目立ちたくないから？」

「はい」

話が早くて助かる。冥先輩は寂しげな表情を浮かべた。

「……わかった。京四郎くんがそうしてほしいなら、話しかけないようにする」

「すみません」

「ううん。それじゃ、放課後にね」

冥先輩は小さく手を振って、二年生の靴箱へ向かった。先にいた女子生徒たちに「おっはよー」と元気よく挨拶している。

靴を履き替えていると、あとから二人の男子生徒がやってきた。

「なぁ。さっき前にいたの、二年の沙倉先輩だよな？」

「ああ。隣にいたの誰だ？　顔見えなかったけど、もしかして彼氏？」

「いやー、違うだろ。なんかぱっとしない感じだったし。ていうか、沙倉先輩に彼氏はいない」

「なんで知ってるんだよ」

「知ってるんじゃない。信じてるんだ」

彼らの話を聞き流しながら、俺は先輩から聞いた話を思い出していた。

氷堂凛、か。

……少し調べてみるとしよう。

3

午前中の授業が終わると、俺は一年C組の教室に向かった。

氷堂凛のクラスだ。

教室内を見渡したけれど、そもそも俺は彼女を見たことがない。しかたなく入り口付近で談笑していた二人の女子生徒に話を訊くことにした。

「ちょっといいかな？」

「わっ」

俺に背を向けていた女子生徒が機敏な動作で振り向いた。

「びっくりした……。なに？　というか、誰？」

「氷堂さんって、このクラスだよね？」

「そうだけど。氷堂さんになにか用？」

「ちょっと話がしたいんだ」

「ふぅん……」

彼女たちは教室を見渡して、それから互いに顔を見合わせた。

「いないみたい。もしかしたら、食堂に行ったのかも。お昼休みだし」

「そっか」

「あのさ、余計なお世話かもしれないけど、狙ってるんだったらやめといた方がいいよ」

「狙ってる？」

「付き合おうとか、そういうこと。悪いけど、あんたと氷堂さんじゃ全然釣り合わないよ。ま、氷堂さんと釣り合う人なんているのかって話だけど」

「君は氷堂さんの友達？」

「違う違う。私なんかが友達になれるわけないでしょ」

呆れるように彼女は言った。どういう意味なのかはよくわからない。友達になるのに資格のようなものがいるのだろうか。

「ありがとう。とりあえず食堂に行ってみるよ。それで、氷堂さんってどんな人？　会ったことがないんだ」

彼女たちはますます怪訝そうにしながら、こう答えた。

「行けばわかるよ」

食堂は本校舎とは別の建物で、一階の渡り廊下を抜けた先にある。

のびたラーメンを食べて以来、食堂を使わずに購買部でパンを買うことが多かったから、ここに来るのは久しぶりだった。

開放された扉をくぐると、中は多くの人でごった返していた。食券を持った生徒たちの行列が、工場の生産ラインのように流れている。しかし、席がほとんど埋まっているせいで、食事の載ったトレイを持ったまま、どこかが空くのを待っているグループもいる。

この大勢の中から『氷堂凛』をどうやって探せばいいのだろう。

というか、俺は氷堂さんの顔を知らない。

半ば諦め気味に食堂内を見回すと——一人の少女に目が留まった。

細いフレームの眼鏡をかけた、長髪の女の子だ。白絹のようになめらかな肌。目鼻立ちのはっきりした顔。一本芯が通った姿勢も、箸でごはんを口元に運ぶ仕草も、なにもかも計算されたように美しい。そして、その綺麗な横顔からは一切の感情が読み取れなかった。

彼女は一人だった。この混雑にもかかわらず、彼女の周りにだけバリアが張られているみたいに空席が広がっていた。

「なぁ、木村。お前、氷堂さんと中学同じだったんだろ？　紹介してくれよ」

近くの席で、クラスメイトが昼食を取っていた。彼らの視線の先には、あの少女がいる。彼女が氷堂さんらしい。行けばわかる、と聞いていたけれど、なるほどたしかに目立っていた。

「無理だって。俺もまともに話したことねーし」

「そう言わずにさ。頼むって！」

「悪いこと言わないから、氷堂はやめとけ。あいつは――」

そのときだった。

「ここ、いいかな？」

氷堂さんの前に、背の高い男子生徒が立っていた。

食堂内がざわつき出した。クラスメイトだけでなく、食堂にいる生徒全員が二人に注目していた。皆が固唾を飲んで見守る中、氷堂さんが言った。

「構いません」

「ありがとう」

男子生徒は爽やかに笑って、彼女の向かいの席に腰を下ろした。

「氷堂さんだよね？　俺は二年の大橋。この学校じゃ有名な方なんだけど、知ってるかな？」

「はい」

彼女は淡々と答える。

「大橋巧。二年A組。サッカー部所属。背番号は七。ポジションはフォワード。右サイドからのフリーキックに定評がある。冬の大会で決勝点を上げ、サッカー部の全国大会行きを決めた」

「…………」

「違いましたか？」

「合ってるけど……。どうしてそこまで知ってるの？」

「調べたからです」

男子生徒——大橋先輩は、しばらく呆気にとられていたが、すぐに笑った。

「あぁ、そっか！　君、俺のファンだったんだ！　だったら、ちょうどよかったよ。今、サッカー部でマネージャーを募集していてさ。君に入ってほしいんだ」

「マネージャー？」

「そうそう。そんなに難しいことじゃないよ。俺たちのドリンクをつくったり、練習で汚れたウェアを洗濯したり、あとはスコアの記録とかするぐらいさ」

「なるほど。雑用係ですね」

全国のマネージャーが怒りそうな表現だった。

「お断りします。論文を読んでいた方がよほど有意義です。他をあたってください」

「そう言わずにさ。いいじゃないか。君、俺のファンなんだろ？」

「違います」

「え？　だって、さっき……」

「あなただけを調べたなんて言っていません」

彼女は周りの生徒たちに視線を向けた。そして――

「一年A組、鈴木みなみ。天塚第二中学出身。体操部所属。得意教科は国語」

「二年B組、春田勝。料理部所属。得意料理は肉じゃが」

「三年E組、小杉健一。野球部所属。ポジションはショート。公式大会出場記録なし」

指さされた生徒たちの驚きの表情が、それらがすべて事実であることを裏づけていた。

唖然とする大橋先輩に、氷堂さんは言う。

「私の頭には全校生徒のデータが入っています。だから、あなたのことも知っていました。それだけのことです。無論、あなたが複数の女子マネージャーに手を出していることも、他校に付き合っている彼女がいることも調査済みです」

「な、なんでそれを!?」

「科学の世界は、データがすべてですから」

細い眼鏡を押し上げて彼女は言った。

「ほかにご質問は？」

「あ、ありません……」

大橋先輩が席を立ち、そそくさと立ち去った。周りの生徒たちも食事を切り上げ、蜘蛛の子を散らすように去っていく。

ますます広がった空席の中心で、氷堂さんは何事もなかったように食事を再開した。

「木村……俺、やっぱやめとくわ……」

「ああ、そうしろ。氷堂は天才なんだ。俺たちとは生きてる世界が違うのさ」

クラスメイトのひそひそ声が聞こえてくる。

やがて食事を終えた氷堂さんが静かに席を立った。出入り口の返却棚にトレイを置き、彼女が食堂を出ていくと、どこかほっとしたような空気が辺りに流れた。

徐々に喧騒が戻ってくる食堂をあとにして、俺は彼女を追いかけた。

4

氷堂さんは渡り廊下を歩いて本校舎に戻ると、そのまま階段を上がっていった。すれ違った生徒たちが、彼女の後ろ姿を呆けたように見つめている。

さて、どうしたものだろう。

食堂で見た大橋先輩のように目立ちたくない。できれば人目につかないところで話をしたかったけれど、この学園でそんな場所は限られている。旧校舎に連れ込むわけにもいかないし……。

そう考えているうちに、氷堂さんが一年生のフロアを通り過ぎ、さらに階段を上がっていった。教室に戻るわけではないようだ。いったいどこに行くのだろう。不思議に思いながら追

いかけていくと──

「……あれ？」

最上階の踊り場に辿り着いてしまった。彼女の姿が見当たらない。

目の前には、屋上に通じるドア。試しにドアノブを回すと、ドアは抵抗なく開いた。涼しい風が吹き込んでくる。

太陽の眩しさに目を細めながら、周囲をフェンスで囲まれた屋上に出た。

氷堂さんは入り口から一番遠いフェンスの前に、背を向けて立っていた。グラウンドを見下ろしている。なにがあるのか気になって、俺も彼女から少し離れた場所に立ち、下を見た。

グラウンドで男子生徒の一団が円になってサッカーボールを蹴り上げていた。一人がボールを高々と蹴り上げ、落下して地面に跳ねたそれを、また別の生徒が蹴り上げる。二回バウンドしたらアウトのようだ。失敗したらジュースをおごる、ぐらいの罰ゲームがあるのかもしれない。近くで観戦している女子生徒たちの笑い声が、蹴り上げられるサッカーボールの音と一緒にここまで届いていた。

「──99％」

視界の隅で長い髪が揺れた。振り向くと、透き通ったガラスのような瞳が、俺を見つめていた。

「あなたが私を追いかけてここに来た確率です。いったい何の用ですか、一年D組の上賀茂京四郎さん？」

古いSF映画に出てくるAIのように無機質な声だった。

俺は屋上の出入り口に目をやった。誰かが来る様子はない。ここなら人に見られる心配はなさそうだ。

「たいした用じゃないんだ。ただ、君に訊きたいことがあって」

「訊きたいこと？」

「どう言えばいいのかわからないんだけど……」

遠回しに話しても伝わらない予感があった。表情を変えない彼女に俺は歩み寄る。

「この前、礼拝堂で氷堂さんが祈っているところを見たんだよ。君は神様に、俺を呪ってほしいって願ってた」

実際に見たのは冥先輩だけれど、話をややこしくするだけだから黙っておく。

「……なるほど、そういうことですか」

氷堂さんは冷静だった。その表情からは、俺に知られていたことに対する驚きや気まずさは窺えない。

「あれは実験です」

「実験？」

「あの礼拝堂で祈れば願いが叶う、という噂を聞きました。私は神様なんて信じていませんが、

なにごとも試してみなければわかりません。実験結果は『願いは叶わない』だったようですが……」

「どうしてそんなことを願ったのか、理由を聞いてもいいかな？」

「それを知ってどうするのですか？」

「わからない。でも、もし俺が気づかないうちに氷堂さんを傷つけていたんだとしたら、それは謝りたいし、できることなら償いたい。俺は誰も傷つけたくないんだ」

「誰も傷つけたくない？」

「ああ」

「傲慢な考えですね」

「そうかな？」

「はい。そのことに気づいていないあたりが特に」

彼女は呆れたように言って、フェンスから離れた。

「氷堂さん――」

細い背中を呼び止めようとしたそのとき、彼女が静かに振り返り、告げた。

「上賀茂さん。私は、あなたが嫌いです」

曇りのない瞳だった。

ここまで堂々と言われたのは生まれて初めてだ。小学生でさえ、もう少し回りくどい伝え方をしていた。

　それ以上、彼女はなにも言わず、そのまま校舎内へ戻っていった。ドアがバタンと閉じて、俺だけが屋上に取り残される。

　ため息を吐いてグラウンドを見下ろすと、楽しげに談笑する生徒たちの姿が見えた。

5

「氷堂さん、そんなこと言ったんだ」

　放課後、旧校舎で昼休みの出来事を話すと、冥先輩は興味深そうに聞いてくれた。

　彼女と友達になってからも放課後の過ごし方はさほど変わっていない。冥先輩が黒魔術をする横で俺は小説を読み、気が向いたときに二人で話をしていた。

「嫌われるような心当たりはないの？　ちっちゃい頃に会ったとか」

「ないですね。会っていたら、たぶん忘れません。恨みを買ったんだとしたら高校に入ってからだと思います。だけど、高校でまともに話したことがあるのって冥先輩だけだし」

「それはそれで問題だよ……」

「まぁ、どうにか理由を聞き出しますよ。理由もわからないままじゃ謝ろうにも謝れませんから」

「そこで『ほうっておこう』ってならないのが、京四郎くんのいいところだよね」

「買いかぶりすぎですよ。俺は目立ちたくないだけです。学内の有名人に嫌われているなんて、周りに知られたら注目の的ですからね」

「ふぅん。じゃあ、ぼくが京四郎くんとあの子を仲直りさせてあげようか?」

「……一応聞きますけど、どうやってですか?」

「ふっふっふ。もちろん黒」

「結構です」

「最後まで言わせてよ!」

「先輩がやりたいだけじゃないですか」

「むー。いいじゃん! ぼくにまかせてくれれば、京四郎くんと氷堂さんは仲良しになること間違いなしだよ!」

「……はぁ。わかりましたよ。勝手にしてください」

「やったー!」

冥先輩は跳ねるように立ち上がった。鞄から黒いノートを取り出すと、パラパラとめくりはじめる。

「えーっと……あったあった! これだ!」

彼女はしばらくノートを眺めて、「よし!」と元気よくノートを閉じた。

黒板から白いチョークを持ってくると、教室の床に大きな円を描き始める。

「るんるんるん♪」

鼻歌混じりに描きこむこと約十分。

「できたっ！」

立派な魔法陣ができあがっていた。二重円に六芒星の幾何学模様。以前に見たものとは、中に書かれている文字が違うようだ。

「じゃーんっ！　どう？」

「前から思ってましたけど、フリーハンドでよくそんなに綺麗に描けますね」

「美術5だからねっ」

「関係あるんですか、それ……」

冥先輩はチョークを黒板に戻して、手を叩いて粉を払った。

それから、教室の隅にあるロッカーから三角帽子とローブ、短い杖を取り出す。衣装類はかさばるため、持ち歩かずに教室に置きっぱなしにしている。

「本当にやるんですか？」

「しーっ」

怒られた。

冥先輩はローブと帽子を身につけると、魔法陣の中央に立ち、静かに深呼吸した。あまりの真剣さに、俺も自然と息をひそめてしまう。

冥先輩は杖を振りながら、何語かもわからない呪文を唱え始めた。それは歌のようにも聞こえた。絹のように心地よいソプラノボイス。それが呪いであることを忘れてしまうくらい綺麗で、独り占めするにはもったいないなかった。

「……ふぅ」

数秒の沈黙の後、冥先輩が額を腕で拭った。なんだかやりきった顔をしている。

「今ので終わりですか？」

「うん。どうだった？」

「先輩って、歌うまいんですね」

「歌？」

「そう聞こえました」

「子供の頃から聖歌を歌ってたから、そのせいかも」

「そういえば、先輩の家は教会なんでしたっけ？」

「うん。お父さんが牧師なんだ。ここの学園長さんとも知り合いみたい」

「それはまた……」

結構なお偉いさんなんじゃないだろうか。黒魔術なんてしていることがバレたら大変なことになる。もちろん、冥先輩もそれぐらいわかっているだろう。わかった上で黒魔術をすると決めているのなら、俺がとやかく言う資格はない。

「それで、今ので俺と氷堂さんは仲直りできるんですか？」

「うん。これで氷堂さんは京四郎くんにメロメロだよ！」

……メロメロ？

「仲直りの魔術じゃなかったでしたっけ？」

「そんな魔術ないよ？」

「じゃあ、さっきのは……」

「恋の呪い♪」

彼女はパチッとウィンクをした。

「京四郎くんのことが嫌いなら、好きにさせちゃえばいいんだよ。どう？　いいアイディアでしょ？」

「…………先輩に頼った俺が馬鹿でした」

「なんで⁉」

頰をふくらませる冥先輩を放置して、俺は氷堂さんの冷たい眼差しを思い出していた。

——私は、あなたが嫌いです。

たとえ黒魔術が実在していたとしても、彼女が俺に惚れるなんてありえないだろう。

6

翌日、俺は昼休みに購買で焼きそばパンと烏龍茶を買ってから、それらを手に屋上へ向かった。

屋上は無人だった。立入禁止というわけではない。マリア先生が言うには、四月に入るまでは、ここで昼食を取る生徒たちもいたのだという。それがどういうわけか、ここ最近は誰も寄りつかなくなってしまった。

給水塔の陰に座って焼きそばパンを食べる。誰もいないグラウンド。耳に届くのは微かな喧騒だけ。青春に満ち溢れた学校で、孤独でいられる場所は貴重だ。旧校舎もいいけれど、昼休みにわざわざ靴を履き替えてまで行く気にはなれない。屋上なら教室から徒歩二分。授業が始まるぎりぎりまで静かに読書を楽しめる。

食後に小説を読んでいると、ドアが開く音がした。

栞を挟んで本を閉じる。俺のいる場所は出入り口からは見えないはずだ。しばらく待っていると、給水塔の陰から彼女が現れた。

「やあ」

声をかけると、彼女が小さなため息と共に俺を見た。さほど驚いていないようだった。

「なぜあなたがここに？」

「昼食と読書だよ。氷堂さんは、昼食のあとはいつもここに来るの？」

「今、考え直しているところです」

「それは困るな。君が来なくなったら、この静けさはなくなるだろうから」

「……」

彼女はふいっと顔を逸らした。昨日と同じようにフェンスに近寄り、グラウンドを見下ろす。

どうやら俺の予想どおりのようだ。

四月以降、屋上に誰も来なくなったのは、氷堂凜が来るからだ。彼女の人を寄せつけない雰囲気が、生徒たちを遠ざけた。

俺は読書を再開することにした。焦ったところで、俺を呪った理由を話してくれるとも思えない。幸い、俺には時間がたっぷりあった。

長い沈黙を先に破ったのは、意外にも彼女の方だった。

「なにを読んでいるのですか？」

気づけば彼女が目の前に立っていた。考えの読めない瞳が俺を見下ろしている。

「小説だよ。氷堂さん、小説は読む？」

「読みません。小説というのは、ようするに嘘が書かれたものでしょう。そんな無意味なものを読む時間があれば、論文の一つでも読んだ方が有意義です」

「そうかもしれない。けど、その無意味さがいいんだ」

「どういうことですか？」

「現実を忘れて夢中になれるのが小説のいいところだよ。テーマだとか、教訓だとか、そういうのを求める人もいるけれど、読んでいる間に夢中になれて、本を閉じたときに『ああ、楽しかったな』って思い出せれば十分なんだ」

「……理解できません」

彼女はそう言うと、踵(きびす)を返(かえ)した。あらかじめプログラムされていたみたいに、出入り口に向かって歩いていく。スマートフォンの時計を見ると、十二時五十五分を指していた。

「氷堂(ひょうどう)さん、また来てもいいかな」

立ち上がり、氷堂(ひょうどう)さんの背中に声をかける。

返事はなかった。

華奢(きゃしゃ)な後ろ姿が校舎に消えたとき、ポケットの中でスマートフォンが振動(しんどう)した。

冥先輩(めいせんぱい)からだった。

『黒魔術(まじゅつ)の効果はあった？』

俺は親指を画面の上で滑(すべ)らせた。

『ありません』

7

次の日も、俺はパンと小説を持って屋上に行った。氷堂さんと話すため、というのもあったけれど、なにより屋上の静けさが気に入っていた。

その日も彼女はきっかり十二時三十分にドアを開けてやってきて、始業五分前になると帰っていった。大時計のからくり仕掛けのようだった。俺は給水塔の陰で小説を読み、彼女は俺から二メートル離れた場所にハンカチを敷いて腰を下ろし、A4サイズの紙に印刷された論文を読んでいた。彼女から話しかけてくることはなかったし、俺が声をかけても無視された。

距離が縮まる気配はまるでなかった。

どうやって彼女から『俺を呪った理由』を聞き出そうかと悩んでいると、帰りのホームルームが終わった直後、クラスの誰かが「雨だ」と呟いた。窓の外を見ると、昼までは晴れ渡っていた空が、鈍色の雲に覆われていた。

傘を持ってこなかったクラスメイトたちの悲鳴を聞きながら、俺は教室を出た。

一階で靴を履き替えたときには、雨は本降りになっていた。昇降口にいた生徒たちが鞄を傘代わりにして走りだす。この雨では鞄の防御力なんてゼロに等しい。駅に着く頃にはびしょ濡れになっているだろう。

俺はスマートフォンで冥先輩にメッセージを送った。

『今日は帰ります』

返信はすぐに来た。

『はーい。気をつけてね』

旧校舎には電気が通っていないから、こういった悪天候の日は読書に不向きだった。そういうわけで、雨の日はまっすぐ帰ることにしている。

俺は鞄から折りたたみ傘を取りだした。突然の雨への備えは帰宅部の基本だ。

そうして傘をさそうとしたとき、隣に人の気配がした。

氷堂さんだった。

「…………」

灰色の空を見上げていた氷堂さんの視線が、俺を捉え、それから手に持っている折りたたみ傘に移った。

わずかな沈黙の後、

「私のデータでは、今日の降水確率は0％でした」

と、彼女は言った。

ちょっと悔しそうだった。

「傘がない、ってこと？」

「雨が降らなければ、傘を持ち歩く必要性はありません」

俺は空を見上げる。

雨はしっかりと降っていた。

「氷堂さんは、電車？」

「人間です」

「そうじゃなくて、通学の方法」

「電車です。それが何か？」

「駅まで送っていくよ」

「なぜですか？」

「どうせ俺も駅に行くし、この雨じゃ氷堂さん、しばらく帰れないだろ」

「それは私を送っていく理由にはなりません」

「そうかな？」

「そうです」

「なら、正直に言うよ。俺は氷堂さんがどうして俺を嫌っているのか知りたいんだ。駅まで送っていけば恩を売れるし、しばらく話ができるだろ。だから、送っていく」

「私が素直に話すとでも？」

「思わない。でも、それは君を送っていかない理由にはならないよ」

俺はスマートフォンの画面を見せた。

「天気予報が更新されてる。夜までやまないみたいだ。どうする？」

氷堂さんは雨マークの並ぶ画面をじっと見つめていたけれど、やがて観念したように小さく息を吐いた。

「わかりました。お願いします」

「うん」

俺が折りたたみ傘を広げると、氷堂さんはおずおずとその下に入ってきた。

最寄り駅の『神河学園前』までは一本道だ。校門を出て、俺たちは緩やかな坂道を下っていく。

「…………」

「…………」

気まずい。

脇の道路を自家用車が走り抜け、水しぶきを散らしていった。傘を叩く雨音がやけに大きく聞こえる。

「……なにか話してください」

そう言ったのは氷堂さんだった。

「話をするために私を送っているのでしょう？」

「そうなんだけど……いざ話そうとすると、話題に困るというか……」

誰かと一緒に帰るなんて小学生の集団下校以来のことで、なにを話したらいいのかさっぱりわからなかった。

ふぅ、と息を整えて俺は言った。

「そういえば、氷堂さんは全校生徒の顔と名前を覚えてるの？　この前、食堂で見たんだよ。君が周りの生徒の名前とかを言い当てていくのを」

「そんな話でいいのですか？」

「まずはお互いを知ることから始めよう」

彼女は疑いの眼差しを向けながらも答えてくれた。

「顔と名前だけではありません。学年、クラス、部活や趣味、交友関係は事前に調査済みです。今の時代、インターネットを使えばデータを集めることはさほど難しくありませんから。ですが——」

彼女は横目で俺を睨んだ。

「あなただけは別です、上賀茂さん」

「俺？」

「あなたのデータだけは、ネット上はおろか、現実のクラスメイトに訊いても得られませんでした。私のクラスメイトではありません。あなたのクラスメイトに訊いても、です」

「昔から影が薄いんだ。誰にも気づかれないし、覚えてもらえない。だから、皆が俺を知らなくても不思議じゃないよ」

「いいえ。皆があなたを知らないなんて、ありえません。あなたが一番よく知っているはずです」

「でも、実際、誰も俺のことを知らないんだろ？」

「それは、あなたが覚えさせないようにしているからではないですか？」

「……」

「例えば、大勢の前でスピーチをすることになったとしましょう。そんなとき、あなたはどこにでもあるありふれた言葉を選びます。インターネットに文例として載っていそうな、そんなあたりさわりのない言葉です。声の大きさや抑揚は最小限。政治家のように感情に訴えかけることは決してしません。本来、スピーチは聞いた人の記憶に残るようにするものですが、あなたはむしろ、誰の記憶にも残らないよう細心の注意を払います。他人に覚えられないために」

「考えすぎだよ」

「いいえ。これは過去のデータから導き出される推論です。科学の世界では、データがすべてですから」

「マンガやアニメだと、そういうキャラは『馬鹿な、こんなの私のデータにはない！』って叫んで負けるけどね」

「虚構と現実を混同するなんて、馬鹿なんですか？」

　そんなことを話しているうちに駅に着いてしまった。結局、他愛もない雑談をしただけだったけれど、焦ることはない。知ることから始めるべきだと言ったのは本心だ。

　俺たちは屋根の下に入り、傘をたたんだ。改札を抜けてホームに入る。

「氷堂さん、最寄り駅は？」

「天塚駅です」

「同じか。じゃあ、俺は向こうに行くから」

「なぜですか？」

「目立つのは苦手なんだ。君と一緒にいたら嫌でも人目につくし、ここでは傘を差して顔を隠すわけにもいかないから。それじゃ」

「待ってください」

　氷堂さんは鞄から白いハンカチを取り出すと、俺の左肩を丁寧に拭いた。

　濡れたハンカチをしまって、彼女は言う。

「83％——あなたが『いい人』である確率です。認めましょう。ほかでもないデータがそれを示しています」

「氷堂さん……」

「それでも、私はあなたを許すことができません。上賀茂さん、あなたは——」

ホームに電車が走り込んでくる。

氷堂さんは踵を返し、俺から離れると、やがて開いたドアから電車に乗り込んだ。

俺も別のドアから電車に乗り込む。

空気の抜けるような音と共にドアが閉じ、電車は緩やかに動き出した。

別れ際の彼女の言葉を思い出す。

声は聞き取れずとも、唇の動きでなんて言ったのかはわかった。

彼女はたぶん、こう言った。


『上賀茂さん、あなたは私の計画を邪魔しました』

8

翌週の月曜日、教室は『氷堂凛が誰かと相合い傘で帰っていた』という噂で持ちきりだった。

目撃情報が多数寄せられる一方で、相手の生徒については神河学園の男子生徒であること以外、なにもわかっていないようだった。

何組の誰それじゃないかだとか、何年生のなんとか先輩じゃないかだとか、様々な憶測が飛び交うなか、俺はいつもの席に座り、スマートフォンを取り出した。ブラウザの検索ボックスに『計画』と入力してみる。

検索結果の一番上に、言葉の意味が載っていた。

『計画：物事を行うために、その方法・手順などを筋道立てて企てること。また、その企ての内容』

土日の間も考え続けたけれど、さっぱりわからない。

氷堂凛の計画とはなんだったのか。

どうして俺がそれを邪魔することになったのか。

すべてを解き明かすには、知らないことが多すぎた。


その日、十二時三十分になっても彼女は屋上にやってこなかった。チャイムが鳴る直前まで待っても同じだった。食べ終えた焼きそばパンの包装ビニールと、読みかけの小説を持って、俺は教室に戻った。

午後の授業は体育だった。

急いで体操着に着替えてグラウンドに出た。俺の遅刻に気づいている人はいなかったようで、準備体操を終えた皆にこっそり混ざった。

「今日の体育は持久走だ」

そう宣言したジャージ姿の教師は、皆から熱いブーイングを受けた。

女子が先に走ることになった。彼女たちの走る姿を、男子が遠巻きに眺めている。

出番を待っている間、俺は近くにいる男子生徒に声をかけた。

「木村くん」

「ん？」

振り返った彼は、俺を見て眉をひそめた。名前を思い出そうとしているのだろう。別に思い出してもらう必要もないので、話を切り出すことにした。

「Ｃ組の氷堂さんと中学が一緒だったって本当？」

「ああ、そうだよ。なに？　お前、氷堂狙ってんの？」

「違うよ」

またそれか。

どうやら彼女は色んな人に狙われているらしい。

「俺は氷堂さんがどんな人か知りたいだけだよ」

「恥ずかしがんなって。氷堂のことを聞かれたの、お前でもう十三人目。やめといたほうがいいぜ。氷堂に告ってフラれた奴をどんだけ見てきたことか」

木村くんは苦笑した。

「あいつ、めちゃくちゃ美人だろ？　だから、男も女もどうにかして仲よくなろうとするんだけど、誰も寄せつけないつーか、孤高の天才って感じでさ。あいつ頭いいし、なんか話してて緊張するんだよな」

「そうなんだ」

「つーわけで、氷堂狙いはおすすめしない。もう少し身の丈に合った相手にしとけ」

「そうするよ」

「あー……にしても、氷堂が首席じゃなかったのは意外だったな」

「首席？」

「ほら、入学式だよ。新入生代表の答辞。あれ、入試の成績がトップだった奴がやるんだぜ。氷堂って中学のときからずっと成績一位だったから、絶対、首席だと思ったんだけどな。

……あれ？」

木村くんがふいに顔をしかめた。

「そういや、あのとき答辞してたの、誰だっけ？」

体育教師が男子生徒を呼んだ。女子たちが続々とゴールして、そろそろ男子の出番が来るらしい。

「先に行ってるよ」

グラウンドのトラックに行こうとしたら、「思い出した！」と木村くんが言った。

「鴨川だ！　鴨川京太郎！　ほら、なんかそんな名前のやつ！」

「あぁ、うん。そうだったかもしれない」

惜しい。

心の中でそう呟いて、俺はスタートラインに向かった。

9

旧校舎の教室に行くと、三角帽子とローブを身に着けた冥先輩が魔法陣を描いていた。恋の呪いをやり直すのだという。「このまま引き下がったら黒魔術師の沽券にかかわるよ！」とは彼女の弁だ。とりあえず魔法陣が描き上がるのを待ってから、雨の日のことを話した。

「俺は氷堂さんの計画を邪魔したんだそうです」

「計画？　どんな？」

「わかりません。ただ、氷堂さんにとって大事な計画だったみたいです」

「大事な計画かぁ……」

「冥先輩は計画とか立てなそうですよね」

「失敬なっ！　ぼくにだって黒魔術で皆をちっちゃくするっていう計画があるよ！」

「そういうのは計画とは言いません」

そのときだった。

突然、がらと音を立てて、教室のドアが開いた。俺と冥先輩が驚いて振り返る。

そこにいたのは、長い髪をした眼鏡の少女。

「氷堂さん？　どうしてここに……」

「あなたを尾行してきました」

氷堂さんが感情のない声でそう言った。

「あなたたちこそ、こんなところでいったいなにを――」

そこで、彼女は冥先輩の格好に気づいたようだった。

しばらく言葉を失い、沈黙が訪れる。やがて形のいい唇が動いた。

「……コスプレ？」

「コ、コスプレじゃないもんっ！　これは黒魔術をするときの正装！　――あ」

冥先輩が両手で口を押さえる。

……この人、口滑らせすぎじゃないか？

氷堂さんはスマートフォンを取り出した。

「『黒魔術：自己の欲求・欲望を満たすために行われる魔術のこと』」

彼女は、再び冥先輩の格好を見て、ため息を吐いた。

「非科学的ですね」

「むっ！　黒魔術には、科学じゃできないことができるんだよっ！　誰かを呪ったり、透明になったり、天気を変えたり！」

「そんなことは不可能です」

「できるもんっ！」

「なら、やってみせてください」

「……ぼ、ぼくにはまだできないけど、できるのっ！　科学にだってできないことはあるでしょ！」

「一緒にしないでください。黒魔術は存在しませんが、科学は存在します」

「黒魔術だってあるよ！」

「ありません」

「ある！」

「ありません」

「ある！」

「待った待った！　二人とも落ち着いて」

対立する二人の間に慌てて入る。すると、氷堂さんが俺を睨んだ。

「彼女とは、どういう関係なんですか？」

「え？」

「コスプレにせよ、黒魔術にせよ、二人きりでこんな場所にいるなんて怪しいです。不純異性交遊の確率——99％」

「誤解だ。俺たちは」

「友達だよ！」

冥先輩が割り込むように言った。顔が真っ赤だった。

「ぼくと京四郎くんは、ただの友達！　ふ、不純異性交遊なんてそんなえっちな関係じゃないもんっ！　ねぇ、京四郎くん！」

「は、はい……」

えっちな関係って……。こっちまで顔が熱くなるじゃないか。

「友達……？　あなたは上賀茂さんの友達なんですか？」

「そうだよ！」

火照った表情のまま冥先輩は胸を張る。

俺と友達だからってなんの自慢にもならないと思うけれど、氷堂さんは黙ってしまった。

彼女はうつむき、肩にかけた鞄の紐をぎゅっと握りしめている。様子がおかしい。

「氷堂さん？」

おそるおそる話しかけると、彼女がぽつりと呟いた。

「…………ずるい」

「え？」

「ずるいです！」

顔を上げた氷堂さんは、いつもの無表情はどこへ行ったのか、怒りをあらわにしていた。

「なぜあなたに友達がいるんですか？　私はあなたのせいで友達ができなかったのに!!」

「俺のせい？　ちょっと待った、どういう意味だよ」

「っ……！」

氷堂さんは肩にかけていた鞄を下ろすと、中から一冊のノートを取り出した。つかつかと俺の前に歩み寄り、それを突き出す。

ノートの表紙には、こう書かれていた。

「『友達補完計画』？」

氷堂さんは無言のまま、俺の胸元にそれを押しつけた。読め、ということらしい。

俺が表紙を開くと、隣の冥先輩が背伸びをしてノートを覗き込んできた。二人で並んでノートを読み始める。

『友達補完計画』
【目標】高校で友達を百人つくる
【計画】
ＳＴＥＰ１：新入生代表として入学式で挨拶し、注目を集める。
ＳＴＥＰ２：クラスメイトからの推薦で委員長になり、クラスの中心人物になる。

STEP3：委員長としてクラスメイトと交流を深める。
STEP4：友達と同じ部活に入り、部活内で他クラスの生徒と交友関係を築く。

・
・
・

STEP99：卒業式で皆と「これからも一緒に遊ぼうね」と約束する。

後ろのページには、様々な状況を想定したシミュレーションが書かれていた。

入学式でのスピーチの内容。クラスメイトとの挨拶。初めてのお出かけ。恋バナ。合唱コンクールに文化祭。エトセトラエトセトラ。『友達と映画を観に行く』シミュレーションでは、待ち合わせの時間や、終わった後に入るカフェ、注文するケーキと紅茶、想定される会話内容までこと細かに記載されている。綿密に組まれたデートプランのようだった。

「一年です」

氷堂さんが言った。

「この計画を立案するのに一年かけました。すべてはこれまでの孤独な人生から抜け出すため！　なのに……あなたのせいで私の計画はめちゃくちゃです!!」

「京四郎くん、どういうこと？」

事態を把握できていない冥先輩が、こそっと俺に訊いてきた。

俺はページを戻して、STEP1を指さした。『新入生代表として入学式で挨拶』と書かれている部分だ。

「氷堂さんは、この計画を達成していません。入学式で挨拶したのは……俺です」

そう……入学式で新入生代表を務めたのは、『鴨川』ではなく『上賀茂』、『京太郎』ではなく『京四郎』。

上賀茂京四郎。

つまり、俺だった。

「えぇ⁉ あれって入試で一番成績が良かった人がやるんだよね？ 京四郎くんって頭いいの⁉」

「他の人よりたくさん勉強をしたってだけですよ。時間があったんです。友達もいないし、部活も入ってなかったから」

別になりたくてトップになったわけじゃない。スピーチをしなければならないと知っていたら、少しは手を抜いただろう。合格発表の後、『挨拶をしてください』と通知が来たときには頭を抱えたものだった。

入学式を欠席することも考えた。当然、両親が許してくれず、あたりさわりのないスピーチをして乗り切ることにした。ビデオに撮られて、家族に鑑賞される羽目になったけど……。

氷堂さんが言った。

「データでは、私がトップで合格する確率は１００％でした。神河学園を受験する生徒全員の学力と、試験傾向を分析した結果です。ですから、私は受験勉強をやめ、計画を練り上げることにすべての時間を費やしました。上賀茂さん……あなたのデータを見落としていたからです。入学式では私が立つはずだった場所にあなたが立っていて、気がついたときにはいなくなっていました。スピーチが終わったあと、誰もあなたのことを覚えていません。すべてが不可解でした」

だから、彼女は恨んでいた。

完璧な計画を最初のステップからぶち壊しにした俺のことを。

呪いたいほどに。

逆恨みしていた。

「この計画は、私が新入生代表になることを前提にしています。前提が崩れた今、計画はすべてつくりなおしです。ですが……もう間に合いません。クラスではもう友達グループができていて、私の居場所なんてどこにもないんです。私は……」

ガラス細工のような瞳から、涙がこぼれた。

「私はまた……ひとりぼっちです」

彼女の中学時代がどんなものだったのか、俺にはわかる。

朝は誰とも挨拶せずに席に着き、黙々と授業を受けて、一人で昼食を取り、放課後になったらすぐに帰宅する。

毎日、毎日、その繰り返しだ。

──私なんかが友達になれるわけないでしょ。

──氷堂は天才なんだ。俺たちとは生きてる世界が違うのさ。

誰かがそんなことを言っていた。

自分たちとは違う。

友達にはなれない。

そうやって壁をつくって、彼女を狭い檻に閉じ込めていた。

誰も氷堂さんのことをわかっていなかった。

彼女は、孤高の天才なんかじゃない。

友達がほしい、どこにでもいる寂しがりやの女の子だった。

「ごめん。氷堂さんの計画を邪魔するつもりはなかったんだ。それに、新入生代表にならなくたって、氷堂さんは十分注目されてるよ。だから──」

だから、なんだ？

そんな慰めに意味はない。

故意でなかったにせよ、俺が彼女の計画をぶち壊しにしたことには変わりない。

謝ったって、もう遅かった。

「だから――」

いったいどうすれば彼女の涙を止められるのだろう。

たぶん俺は答えを知っていた。

だけど、本当にそれでいいのか自信がなかった。

隣を見ると、冥先輩が微笑んでいた。大丈夫。それでいいんだよ。そう告げるように。

「……氷堂さん」

俺は泣いている少女に向き直った。

涙に濡れた瞳を見て、心が決まった。

拳を握り、胸の奥から言葉を絞りだす。

「俺と友達になろう」

氷堂さんが目を瞠った。

「な、何を言っているのですか？」

「本当は誰かを紹介できるといいんだけど、残念ながら俺には友達が少ないんだ。だから、俺が友達になる。氷堂さんをひとりぼっちにはさせない」

それが、俺にできるせめてもの償いだ。

「だめかな？」

「だ、だめというわけでは……」

彼女が目を泳がせる。いつも無表情に見えるのは、感情を表に出すのが苦手なだけで、案外こっちが素なのかもしれない。

やがて氷堂さんはぽつりと呟いた。

「……どうすればいいんでしょうか？」

「え？」

「私には友達がいません。だから、どうすれば友達になったことになるのかわかりません」

「ええと……」

魔女に助けを求めると、彼女は呆れた様子だった。

「もう、しかたないなぁ。二人とも右手を出して」

先輩は俺たちの間に立って手を取ると、お互いに握らせた。

「はい、握手！　これで二人は友達だよ」

「こんなのでいいんですか？」

「書面で契約を交わすべきでは……」

「いいのっ！　本当は握手だっていらないんだから。それと――」

先輩は、にっこりと笑って氷堂さんと握手した。

「――これでぼくも友達。よろしくね、凛ちゃん」

「『凛ちゃん』……？」

「あれ、嫌だった？」

「い、いえ……」

「ぼくは沙倉冥。これから凛ちゃんに黒魔術の素晴らしさを教えてあげるよ！」

「それは結構です」

「えーっ⁉」

「でも、友達としてなら……。よろしくお願いします、冥……先輩」

氷堂さんが、笑みをこぼす。初めて見る彼女の笑顔は、なんだか子供っぽくて、それ以上に魅力的だった。雨上がりに虹を見つけたような、嬉しい気持ちになった。

「……そうやって笑っていれば、友達なんてすぐできるのに」

思わず呟いた言葉に、彼女はむっとして言い返してきた。

「そんなわけがないでしょう。笑っているだけで友達ができるなら、とっくにそうしています」

「できるよ」

「できません」

「できるって。氷堂さん、かわいいんだから」

「かわいい？　私が？　ご冗談を」

「冗談じゃないよ。氷堂さんはかわいいって」

「もういいですから、黙ってください」

氷堂さんはそっぽを向いてしまった。

怒らせてしまったようだ。よほど頭にきたらしく、氷堂さんは耳まで赤くしていた。

そのあと、彼女がぽつりと呟いた気がしたけれど、声が小さくてよく聞き取れなかった。

「…………こんなの……私のデータにありません……」

10

翌日。

俺は活気にあふれる本校舎を一人で歩いていた。部活動へ向かう生徒や、遊びに繰り出そうとするグループの横を通り抜け、階段を一段ずつ降りていく。

昇降口で靴を履き替えている最中に、ポケットの中のスマートフォンが振動した。取り出して画面を覗くと、一通のメッセージが届いていた。

『今日は来ないのですか？』

送り主は氷堂さんだ。昨日から俺のスマートフォンには彼女の連絡先が登録されている。

『これから行くよ』

そう返信して、俺は外に出た。

生徒たちの群れを離れて、校舎の裏手へまわり、その先に広がる雑木林へ足を踏み入れる。やわらかな土の感触。風で揺れる木々の音。喧騒が徐々に遠ざかり、心地よい静けさがあたりを満たしていく。

しばらく進むと、そこに幽霊屋敷みたいな旧校舎が建っている。まるで世界から忘れられたみたいに、ひっそりと。

寂れた昇降口から中に入り、階段を上がって三階にあるいつもの教室へ向かった。

「上賀茂です」

ノックをしてからドアを開けると、教室にはすでに彼女たちがいた。

冥先輩は、教室の中央で黒魔術の儀式をしていた。いつもの黒ずくめの格好で、魔法陣の中央で不思議な呪文を唱えている。なんの呪いなのかはわからない。

一方の氷堂さんは、古い机に向かって座り、ノートパソコンを操作していた。眼鏡にディスプレイの光を反射させ、キーボードをものすごい速さで叩く彼女は、なぜか白衣を着ていた。

魔術と科学が交錯する奇妙な光景。

言葉を失い立ち尽くす俺に、二人が気づいた。

「あ、京四郎くん！」

「遅かったですね、上賀茂さん」

我に返った俺は、とりあえず教室に入ってドアを閉じた。

「すみません、ホームルームが長引きました。それより……冥先輩はいつものこととして、氷堂さんはなんで白衣？」

「似合いませんか？」

「いや、似合ってるけど……」

それも驚くほど。

細い縁の眼鏡と純白の白衣が、もともと理知的な雰囲気を持つ彼女を、ぐっと大人っぽくしていた。

「冥先輩を見習いました。これが私の正装です」

「まぁ、服装は自由だけど……」

冥先輩と氷堂さんを見比べる。

魔女と科学者。

「なんていうか……悪の組織みたいだ」

俺が呟いた瞬間、冥先輩の瞳が輝きだした。経験上、それは不吉の予兆だった。

「いいね、それっ！」

彼女は黒板に駆け寄ってチョークを手に取ると、うんと背伸びをして文字を書き始めた。

小気味良い音が鳴り止んだとき、黒板にはこう書かれていた。


【秘密結社ぐりもわぁる】


「……なんですか、それは」

「『秘密結社：組織自体の存在、構成員、活動内容が秘匿されている団体のこと』ですね」

氷堂さんがスマートフォンを見ながら言った。知りたいのはそういうことではない。

冥先輩は言った。

「せっかく友達になったんだし、三人で何かしたいなって。というわけで、ぼくたちは今日から秘密結社ぐりもわぁるだよ！」

「というわけで、じゃないですよ。だいたい、秘密結社ってなにをするんですか？」

「世界征服」

「夢がでかすぎる……」

「じゃあ、学園征服！」

「規模を小さくすればいいってわけじゃ……そもそも学校なんて征服してどうするんです

か？」

「んー、わかんない。でも、面白そうでしょ？　凛ちゃんはどう思う？」

「私は賛成です」

氷堂さんは即答した。俺は驚いて彼女を見た。

「……意外だな。氷堂さんは、こういうの興味ないと思ってた」

「形はどうあれ、集まってなにかをするという意味では、部活動と同じでしょう。もともと私は部活に入る予定でしたし、放課後の時間は空いていますから、問題ありません。それに
――」

ためらうように彼女がうつむく。けれど、それは一瞬のことだった。氷堂さんは、ほんのりと頬を赤らめて言った。

「……楽しそう、です」

彼女にとって、それは賛成するのに十分な理由になるのだろう。

そして、それは俺にとっても同じだった。

「わかりました。俺も賛成します」

降参するようにそう告げると、冥先輩が瞳を輝かせて言った。

「じゃあ、役職を決めよう！」

「役職？」

「うん。その方が組織っぽいでしょ？　ぼくは『黒魔術師』ね！　凛ちゃんは……んー……『マッドサイエンティスト』なんてどう？」

「わかりました」

いいのか……。

あっさり頷いた氷堂さんは、表情にこそ出ていないものの、とても楽しそうだった。

「京四郎くんはなにがいい？」

「なにがいいって言われても……せめて目立たないやつにしてください」

「わかった、目立たないやつね！　じゃあ、京四郎くんは『戦闘員』っと……」

冥先輩がチョークで黒板に書き足した。

【秘密結社ぐりもわぁる】
黒魔術師：沙倉冥
マッドサイエンティスト：氷堂凛
戦闘員：上賀茂京四郎

俺だけ下働きだった。

「組織の合言葉も考えないとね！」

「シンボルマークも必要では？」

冥先輩と氷堂さんは乗り気だ。

叶えたい大義も、戦うべき正義もない悪の組織。それはただのやっかいものでしかない気がしたけれど、口出しするのも野暮というものだ。

「京四郎くん！」

「上賀茂さん」

楽しそうな彼女たちを止める術を俺は知らない。なにしろただの戦闘員だ。俺にできるのは、二人が暴走しないように見守ることぐらいだろう。

沙倉冥と氷堂凛。

黒魔術師とマッドサイエンティスト。

高校一年の春——俺は彼女たちと出会い、悪の組織を立ち上げた。

第3章

秘密結社ぐりもわぁる

Gakuennoseijo ga orenotonari
de kuromajutsu wo
shiteimasu xxx

1

『今日の放課後、秘密基地に集合ね！』

ゴールデンウィークを週末に控えた月曜日、冥先輩からそんなメッセージが届いた。

秘密基地というのは、旧校舎の教室のことだ。ぐりもわぁるの立ち上げに合わせて、そう呼ぶことになった。もちろん冥先輩の発案だ。

いったいなにをする気なんだろう。

若干の不安を覚えながら、放課後に旧校舎——秘密基地に顔を出すと、冥先輩が机に突っ伏していた。ひどく落ち込んでいるように見える。

「どうしたんですか……？」

「スランプ、だそうです」

そう答えたのは、彼女の隣でノートパソコンを操作している氷堂さんだった。身に着けた白衣がよく似合っている。

「ここしばらく黒魔術が成功していないのだとか」

「だからって、そこまで落ち込まなくても……」

「だってうまくいかないんだもん！」冥先輩ががばっと顔を上げた。「この前、凛ちゃんにかけた呪いだって失敗したし！」

「私に？」氷堂さんが小首を傾げた。「初耳ですね。どんな呪いをかけたんですか？」

「いや、それは――」

「恋の呪いだよ。凛ちゃんが京四郎くんにメロメロになるようにって」

止める暇もなかった。

氷堂さんはしばらく固まった後、凍るような目つきで俺を見た。

「データを更新します」

「待った。頼むから説明させてくれ」

それから十分ほどかけて、俺は事情を説明した。どうにか納得してもらえて、説明が終わる頃には氷堂さんは呆れた顔になっていた。

「……話はわかりました。更新はキャンセルします」

どんな更新をするつもりだったのかは訊かないでおこう。

氷堂さんは冥先輩に言った。

「そもそもスランプどうこう以前の話です。黒魔術なんてうまくいくはずがありません」

「うまくいったことだってあるもん！」冥先輩が言い返した。「京四郎くんのラーメンをのばしたり、京四郎くんが読んでいた小説のネタバレしたり、京四郎くんの身長を縮めたり……」

「上賀茂さんばかりですね」

「そうなんだよな」

なんで俺ばっかり。

とはいえ、どれもささやかな不幸だからたいしたことはないけれど。

「私に言わせれば、どれもただの偶然です。黒魔術なんて存在しません」

「むっ！　じゃあ、凛ちゃんを呪っちゃうよ！　それでもいいの⁉」

「どうぞご自由に」

「……ふっふっふ。ぼくを怒らせたね。黒魔術の恐ろしさを教えてあげるよ！」

冥先輩は不気味な笑みを浮かべると、教室の床に新しい魔法陣を描き始めた。

「いいのか？　自分を呪わせるなんて」俺は氷堂さんに小声で話しかけた。

「ここで失敗すれば冥先輩も目が覚めるでしょう。それとも、まさか信じているのですか？

黒魔術なんていう非科学的なものを」

「そういうわけじゃないけどさ……」

「――できたっ！」

冥先輩が魔法陣を完成させた。彼女はいつもの三角帽子とローブを身に着けると、魔法陣の中心に立ち、氷堂さんに杖を向けた。

「謝るなら今のうちだよ、凛ちゃん」

「黒魔術が成功する確率――0％」

見えない火花がバチバチと散っている。間に挟まれている俺はたまったものではない。

ふと冥先輩の足元にある魔法陣に目がいった。これまで何度も彼女の儀式を見てきたけれど、そこにある模様は見覚えがなかった。

「……冥先輩。それ、なんの呪いなんですか？」

「これ？　胸を大きくする呪い」

「え？」「え？」

俺と氷堂さんが同時に声を上げた。

驚く俺たちをよそに、冥先輩は得意げに話を続ける。

「胸が大きいと大変なんだからね！　重いし、肩はこるし、走ると痛いし、じろじろ見られるし！　凛ちゃんにもその苦しみを味わわせてあげるよっ！」

「いや、大変なのかもしれませんけど……」

「上賀茂さんは黙っていてください。どんな呪いであろうと問題ありません」

氷堂さんは俺の言葉を遮ると、細いフレームの眼鏡を押し上げて言った。

「黒魔術が成功する確率——1％」

「さっきより上がってないか？」

「論理的に導き出された確率です。冥先輩、まだですか？」

「ちょっと待って。あとは呪文を唱えれば……あ、そうだ！　この儀式って呪う相手の髪の毛がいるんだった！」

「胸を大きくするのに、なぜ髪の毛がいるのです。まったく……論理性の欠片もありませんね」

やれやれとため息を吐くと、氷堂さんは鞄からハサミを取り出した。

「どのくらいあればいいですか？」

「呪われる気満々じゃないか」

「急に髪を切りたくなっただけです」

後ろ髪にハサミを入れようとする氷堂さんの手を、俺は慌てて取り押さえた。

「落ち着くんだ、氷堂さん。黒魔術なんて信じてないんだろ？」

「これは実験です。黒魔術で胸が大きくなるのか、一科学者として検証しなければなりません……！」

ぐぐぐっ、と氷堂さんはハサミを髪に近づけていく。

細腕のわりに力が強い。これが執念というものか。

「放してください、上賀茂さん！　私の髪をどうしようと私の勝手です！」

「そうかもしれないけど、もったいないだろ！　綺麗な髪なんだから！」

怪我をする前に止めないと——そう思った瞬間、氷堂さんの手から突然力が抜けた。

すかさずハサミを奪い取る。

ほっとして顔を上げると、氷堂さんが俺の目を見て言った。

「上賀茂さん。今、なんと言いましたか？」

「え？　『もったいない』？」

「そのあとです」

「『綺麗な髪なんだから』？」

「……上賀茂さんは、私に髪を切ってほしくないのですね？」

「まぁ、うん。そうなるかな」

氷堂さんは、流れるような髪を弄びながら、ふいっと顔を逸らした。

「……わかりました。あなたがどうしてもと言うのであれば、実験は中止します」

「ありがとう……？」

よくわからないけれど、とりあえず思いとどまってくれたらしい。

「冥先輩もそこまでにしてください。というか、なにか用があったんじゃないんですか？」

昼休みに届いたメッセージのことだ。話を逸らすつもりで言ったのだけど、冥先輩は「そうだった！」と慌てた様子で儀式を中断し、教壇に立った。

「京四郎くん、凛ちゃん！　作戦会議を始めるよっ！」

「作戦会議？」

「なんの作戦ですか？」

俺と氷堂さんの疑問に、冥先輩は「ふっふっふ」と意味ありげに笑うと、杖を掲げて答えた。

「もちろん、学園征服だよ！」

2

『急募！　神河学園を征服する方法！』

黒板に書かれた可愛らしい丸文字から目を逸らし、俺は窓の外を眺めた。

校舎を取り囲む木々が風に吹かれて穏やかに揺れている。雲ひとつない空は、平和な世界を祝福するみたいだった。まさかこんなところで学園征服を企む悪の組織がいるとは誰も思うまい。

「――くん！　京四郎くんっ！」

冥先輩の声にはっとする。

「なんですか？」

「なんですか、じゃないよ。京四郎くんも幹部なんだから、真面目に考えてもらわないと！」

「俺、戦闘員ですよね？」

「戦闘員も幹部だよ」

深刻な人手不足だった。

三人しかいない組織なのだから無理もないけれど。

すると、氷堂さんが手を挙げた。

「そもそも学園征服というのは、どうすれば実現したことになるのでしょうか？」

もっともな疑問だ。ゴールがはっきりしていなければ作戦は立てられないし、達成したのかどうかもわからない。

「うーん……学園長室を占拠するとか？」

「退学になります」

「じゃあ、生徒会を」

「同じです」

「むむむ。京四郎くんは、どうすれば征服したことになると思う？」

「そんなの考えたこともありませんよ」

「今、考えて！」

「戦闘員に頼られても……」

しかたないので、俺はぱっと思いついたアイディアを口にした。

「全校生徒を信者にする……っていうのは、どうですか？」

「信者にする？　どういうこと？」

「新興宗教みたいなものですよ。神河学園はミッション・スクールだから、生徒の多くは神様を信じています。その生徒たちが全員ぐりもわぁるの信者になったら、それは学園を征服したことになりませんか？」

なんて無茶な話だろう。自分で言っていて笑いそうになるけれど、冥先輩は目を輝かせた。

「いいよ、京四郎くん！　それ、すごくいいっ!!　学園の皆を、ぐりもわぁるの信者にしよう！」

「ちょ……待ってください。適当に言っただけですよ。無理ですって、そんなこと」

「どうして？」

「どうやって信者になってもらうんですか？　ぐりもわぁるのことは俺たちしか知らないんですよ？」

「知ってもらえばいいんだよ」

「知ってもらえたとしても、信者になる理由がないでしょう。氷堂さん、うちの生徒がぐりもわぁるの信者になる確率は？」

「0％です」

そう断言されても、冥先輩はめげなかった。

「信者になる理由があればいいんだよね？」

教壇から降り、俺と氷堂さんの間を通って、さきほど描いた魔法陣の上に立つ。

振り返った彼女は、聖女のように、あるいは魔女のように、微笑んでいた。

「願いごとを叶えようよ」

「え？」

「神様は願いごとを叶えてくれない。だから、ぼくたちで叶えるんだ。神様が叶えてくれなかった願いごとを、ぼくと、凛ちゃんと、京四郎くんの三人で！　そうしたら、きっと皆ぐりもわぁるの信者になってくれるよ」

「願いを叶えるって……俺たち、ただの高校生ですよ？」

「黒魔術師と、マッドサイエンティストと、戦闘員だよ」

「自称じゃないですか」

「いいの。なんでもできる気がしてくるでしょ？　それに、ただの高校生にだって願いごとは叶えられるよ。京四郎くんが凛ちゃんの友達になったみたいに」

「いや、あれは……」

「一本取られましたね、上賀茂さん」

隣で氷堂さんが笑った。いつもの無表情とは違う、やわらかい笑みだった。

「全校生徒を組織の信者にするために、生徒の願いごとを叶える。実現性はさておき、理には適っています」

「氷堂さんまで……」

「それとも、なにか代案がありますか？」

少し考えてみたけれど、なにも思いつかなかった。ため息まじりに俺は頷く。

「……わかりました。その方針でいきましょう」

「決まりだねっ！」

冥先輩は黒板に『全校生徒を信者にする！』と書き込んだ。

「まずは皆にぐりもわぁるを知ってもらわないとね。どうしよっか？」

「専用サイトをつくりましょう」

言うが早いか、氷堂さんはノートパソコンを開いて、猛然とした勢いでキーボードを叩き始めた。

「できました」

一分と経たないうちに彼女はノートパソコンの画面を俺たちに向けた。

そこに映されていたのは、黒を基調としたシンプルなデザインのウェブサイト。組織名の入ったロゴマークの下に『神様が叶えてくれない、あなたの願いごとはなんですか？』というメッセージと『願いごとをする』『信者になる』と書かれた二つのボタンが表示されている。

「願いごとの投稿と、信者になる登録ができるようにしてあります」

「すごーい、凛ちゃん！　魔法みたい！」

「マッドサイエンティストですから」

氷堂さんが得意げに眼鏡を押し上げる。意外と役職が気に入っているようだった。

「あとは、このサイトに生徒を呼び込む方法ですが……二次元コードを使いましょう」

「二次元コード？」

「水平方向と垂直方向に情報を持たせたコードのことです」

「？」

「ほら、あのモザイクみたいなやつですよ」俺は言った。「スマホのカメラに映すとウェブサイトにつながったりする」

「あー、あれね！」

「神河学園における生徒のスマートフォン所持率は、１００％です。このサイトにつながる二次元コードを学園内に掲示して、そこからアクセスしてもらいます。学園公認の活動ではありませんから、あまり目立つ貼り紙はできませんが……」

「そっか。先生たちに見つかったら、すぐに剝がされちゃうもんね」

「上賀茂さん、あなたならどうしますか？」

「俺？」

「目立たないことにかけてはプロでしょう」

そう言われると悪い気はしない。俺は少し考えてから、答えた。

「俺だったらなにも書かない。二次元コードだけを小さなシールに印刷して貼るよ」

「二次元コードだけ、ですか？　なんのコードかわからないのでは？」

「わからないからいいんだ。『なんだこれ』って興味を持ってもらえるだろ？」

「……なるほど、一理ありますね」

「ぼくもいいと思う！　そのほうが秘密結社っぽいし！」

「わかりました。明日まで時間をください。二次元コードを印刷したシールをつくってきます」

「ほんと!?　ありがとう、凛ちゃん！」

冥先輩が氷堂さんにがばっと抱きついた。

「……苦しいです、先輩」

そう呟く氷堂さんは、どこか照れくさそうだ。

「よーし、これがぼくたちの学園征服の第一歩だよ！」

冥先輩が教壇に飛び乗った。

自信満々に大きな胸を張り、杖を振り上げて、彼女は叫ぶ。

「ぐりもわぁーる!!」

突然のことに、俺と氷堂さんはついていけなかった。

「………今のは？」

「組織の合言葉だよ。秘密結社には合言葉が必要でしょ！　ほら、二人もぼくに続いて！」

冥先輩は手にした杖で大きな円を描き、再び声を張り上げた。

「ぐりもわぁーる‼」

「ぐ、ぐりもわぁーる……」

「ぐりもわぁる」

俺と氷堂さんがあとに続き、決まったばかりの合言葉が、古びた教室に響き渡った。

なにはともあれ、こうして秘密結社ぐりもわぁるは、学園征服へ向けた長い道のりを歩み始めたのだった。

3

翌日、氷堂さんは二次元コードが印刷された四角形のシールを持ってきた。一枚の台紙に一センチ四方の小さいシールが二十枚並んでいる。それぞれのシールの上には、①から⑳までの数字が書いてあった。

冥先輩が試しにスマートフォンのカメラで二次元コードを読み込むと、画面に秘密結社ぐりもわぁる専用サイトのトップページが表示された。

「わっ、つながったよ凛ちゃん！」

「そのようにつくりましたから。あとは、このシールを学園内に貼るだけです。——お願いします、上賀茂さん」

「やっぱり俺がやるのか……」

「はい。あなたが適任です」

冥先輩も氷堂さんも学内では有名人だ。彼女たちが周りにバレずに、学内にシールを貼って回るのは至難の業だろう。

「大丈夫？　いくら京四郎くんでも、部活中の教室に入っていったら、さすがにバレちゃうんじゃない？」

「たぶん大丈夫です。その気になれば、先輩のクラスで授業を受けることもできますよ」

「それは怖いよ……」

冥先輩が若干引いていた。

「上賀茂さん、これを」

氷堂さんから一枚の紙を手渡される。

神河学園の学内マップだった。校舎や体育館など、各施設に番号が記されている。

「シールにも番号が振ってあります。具体的な位置はおまかせしますが、対応した番号のシールを貼ってください」

「番号さえ合っていれば、どこに貼ってもいい？」

「はい」

「京四郎くん、ぼくも一緒に行こうか？　見張りくらいならできると思うし」

「いえ、一人で大丈夫です。むしろ、そのほうがいい」

「？」

冥先輩がきょとんとする。

どうもこの人は、自分が注目を集める存在だということがわかっていない節がある。シールのことがなくたって、冥先輩と一緒に学内を歩くなんて目立つことは避けたかった。

「それじゃあ、行ってきます」

学内マップとシールを持って秘密基地を出る。

まずは本校舎だ。シールを貼る場所は、一階昇降口の掲示板、美術教室、理科教室、音楽室、図書室の計五箇所。入り口に近い場所から順に回るとしよう。

靴箱で上履きに履き替えて、近くにある掲示板に向かう。

掲示板には、学内新聞や、部活動の勧誘チラシがずらりと貼られていた。入学当初は新入生が掲示板の前で立ち止まる光景をよく見たけれど、今ではほとんどの人が素通りするようになっていた。

「掲示板のシールは……これか」

俺は台紙から二次元コードのシールをはがすと、周りに誰もいないことを確認してから、掲示板の隅に貼った。注意して見ないと気づかないだろうけれど、そのぐらいがちょうどいい。

次の場所に移動しようとしたそのとき、階段から誰かが降りてくる気配があった。俺はシールの用紙を折りたたんでポケットに隠し、学内新聞を読んでいるふりをした。

視界の端に、女子生徒の制服が見えた。背後を人が通り過ぎていく。

やり過ごした——そう思ったときだった。

「………上賀茂京四郎か？」

不意に名前を呼ばれて振り向くと、きりっとした目が特徴的な女子生徒が、俺を見つめて立っていた。身長が俺より高く、すらりとした長い手足とスタイルの良さは、ファッションモデルだと言われても納得できる。腰まで届きそうな黒髪を、頭の後ろで一つにまとめて垂らしていた。胸元には小さな十字架の飾り。学園のルールでアクセサリの着用は認められていないはずだけれど、例外的に許されているのかもしれない。

「……すみませんが、どちらさまですか？」

「私は二年の剣城遙華。冥の親友だよ」

「冥先輩の？」

「ああ。君のことは冥からよく聞いている。例えば『京四郎くんの特徴は、これといった特徴がないことだよ』とかね。君を見て納得した。たしかに、特徴がない」

ディスられているような気もしたけれど、爽やかな口ぶりのせいか嫌味は感じられない。

剣城遙華。

そういえば以前、冥先輩が幼馴染がいると話していた。『遙華』と呼んでいたから、目の前にいる彼女のことだろう。

「君とは一度会ってみたかったんだ。訊きたいことがあってね」

「なんですか？」

「冥とは、どういう関係なんだ？　冥はかわいいから、昔から言い寄ってくる男があとを絶たなくてね。近づいてくる男の大半は、冥目当て――いや、冥の胸目当てだ」

「言い直さなくても……」

だけど、なるほど。そういうことか。

ため息が出そうになる。

「俺もその一人じゃないかと疑っているなら、見当外れですよ。俺と先輩は、ただの友達です」

「本当に？　冥を異性として見たことは？」

「ありません」

「神に誓える？」

「はい」

「……………わかった。その言葉を信じるよ。冥も、君のことは信頼しているようだしね」

剣城先輩が、ふっと表情を緩める。

きっとこれまでも冥先輩に悪い虫が寄りつかないよう、彼女が守ってきたのだろう。さきほどの詰問するような言い方も、冥先輩のためだと思えば苦労がしのばれた。

「ところで、君はこんなところでなにをしていたんだ？」

剣城先輩が言った。彼女がどこまで話を聞いているのかはわからない。ただ、胸元で光る十字架が気にかかった。

「学級新聞を読んでいたんです。意外と面白いですよ。今月の記事は『神河学園のマイナーな部活ランキング』。一位は新聞部だそうです」

「ずいぶん自虐的だな」

先輩が苦笑する。疑われてはいないようだった。

「では、私は行くよ。急に声をかけてすまなかったね。冥をよろしく」

踵を返す彼女の胸元で、十字架の飾りがかすかに揺れた。二年生の靴箱へ歩いていく彼女の背中を見送る。

「冥先輩の幼馴染……か」

俺は首を振って、ポケットからシールと地図を取り出した。

今は余計なことを考えず、さっさとミッションを終えるとしよう。

4

本校舎、講堂、体育館、剣道場、武道場、プール……青春溢れる学園に、怪しさ満点のシールを次々と貼りつけていく。

部活中の生徒が大勢いても、堂々としていればバレないものだ。一メートル先に生徒がいる場所でシールを貼っても気づかれなかった。俺の天職は、スパイか泥棒なのかもしれない。

「あとは……礼拝堂か」

場所は、旧校舎のちょうど反対側。壁は白塗りで、三角屋根のてっぺんに十字架がついている。実にわかりやすい。入り口前の階段を上り、木製の扉からそっと中に入った。

礼拝堂内は、静寂に包まれていた。

入り口から奥にある祭壇まで、通路がまっすぐに伸びている。両脇にずらりと並ぶ長椅子には、誰も座っていなかった。

だけど、祭壇の前にたった一人、祈りを捧げる女子生徒がいた。高窓から差し込む光に照らされながら膝をつき、両手を合わせて、無心に祈っている。

俺は入り口の前で立ち尽くした。

見惚れていた、といってもいい。

やがて祈りを終えた彼女がゆっくりと立ち上がり、こちらを振り返った。

「あれ？　京四郎くん？」

「……冥先輩？」

そこにいたのは、秘密結社ぐりもわぁるの黒魔術師——沙倉冥その人だった。

「いつからいたの？」

「ついさっきです」俺は戸惑いながら通路を進んだ。「冥先輩はどうしてここに？」

「京四郎くんが来るのを待ってたんだよ。やっぱりシール貼るの手伝おうと思って。ここにはまだ貼ってないみたいだったから」

「ずっと待ってたんですか？　連絡をくれればよかったのに」

「そうしようと思ったけど、もし京四郎くんがミッション中だったら、音でバレちゃうかもしれないでしょ？」

冥先輩は、俺の手元にあるシール台紙を見て言った。

「あと何枚？」

「ここで最後です」

「え、もう!?」

「俺の影の薄さをなめないでください」

「なにその自信……」

俺は台紙からシールをはがすと、祭壇の土台に貼りつけた。祈り終えた人の目に留まるように。

顔を上げると、冥先輩と目が合った。さきほどの光景が頭をよぎる。なんだか見てはいけないものを見てしまったような、そんな気まずさがあった。

「……そういえば、剣城先輩に会いましたよ」

「遙華に？」

「はい。俺の特徴はこれといった特徴がないこと、だそうですね」

「あ、あはは……」

「まぁ事実だからいいですけど」

「遙華、ほかになにか言ってた？」

「冥先輩とはどういう関係なんだって訊かれました」

「やっぱり」冥先輩が呆れ気味に言う。「ごめんね。京四郎くんは友達だって話したんだけど、信じてくれなくて」

「しかたありませんよ。学年も性別も違いますし。うちの家族も、冥先輩のことを話したら同じような反応をしてましたから。ただ、俺が気になったのはそこじゃなくて……剣城先輩が、十字架を身に着けていたことです」

胸元で光る十字架の飾り。

あれは、彼女が信心深いことを表している。

そして、こうも言っていた。

　――神に誓える？

あのときの目は、真剣そのものだった。

「冥先輩。剣城先輩に黒魔術のこと……」

「話してない。遙華は、神様を信じてるから」

　小さな声で彼女は言った。まるで神様に聞かれたくないみたいに。

　俺はなにか言おうと口を開いたけれど、結局、なにも言えなかった。どんな言葉も彼女を傷つける気がして怖かった。

　永遠にも思える沈黙を、冥先輩のやさしい笑顔が破った。

「行こっか。凛ちゃんが秘密基地で待ってるよ」

「……はい」

　彼女のあとについて礼拝堂の出入り口へ向かう。目の前の小さな後ろ姿に、さきほど目にした聖女みたいな姿が重なった。口が勝手に動いていた。

「冥先輩。さっき、なにを祈ってたんですか？」

　振り返った彼女は、唇に人差し指を当て、いたずらっぽく笑った。

「秘密」

5

次の日の放課後のことだった。

鞄に教科書をしまっていた俺の耳に「ぐりもわぁあるって知ってるか？」という声が飛び込んできた。二人の男子生徒が黒板の前で会話していた。

「なにそれ。お笑い芸人？」

「いや、秘密結社」

「は？」

「見ろよ、これ」

そう言って、彼は自分のスマートフォンをもう一人の生徒に渡した。

「秘密結社ぐりもわぁる……？　『神様が叶えてくれない、あなたの願いごとはなんですか？』……なんだこれ」

「昨日、部活のときに見つけたんだよ。水飲み場の隅っこで、なんつーんだっけ？　あのモザイクみたいなやつ。それが貼ってあってさ。スマホで読み取ってみたら、ここにつながった」

「へぇ……。面白そうじゃん。俺、送ってみよっかな。願いごと」

「やめとけよ。詐欺かもしれないだろ」

「どんな詐欺だよ？」

「いや、わかんないけど……」

「ねぇねぇ。もしかして、ぐりもわぁるの話？」

会話に加わったのは、別の女子生徒だった。

「知ってるのか？」

「うん。友達が体育館の倉庫で同じの見つけたんだよね。部活の片付けしてるときに」

「体育館？　水飲み場じゃなくて？」

「そう言ってたよ」

「もしかしたら、他のところにもあるのかもな」

「どうだろ。ていうか、なんなんだろうね。誰かのイタズラかな」

首を傾げるクラスメイトを横目に、俺は鞄を持って秘密基地に向かった。

旧校舎の教室のドアを開けると、すでに冥先輩と氷堂さんが来ていた。

冥先輩はいつもどおり黒魔術の儀式をしていたけれど、氷堂さんの方は様子が違った。彼女のノートパソコンから細いケーブルが伸びていて、手のひらサイズの基板につながっている。緑色の基板には、小さなパーツがいくつもついていた。

「なにしてるんだ？」

鞄を机に置いて、彼女に聞いた。

「コンピュータにプログラムを書き込んでいます」

「コンピュータ？　その小さいのが？」

「ええ。これ一つでも、安いパソコンと同等のスペックはあります」

「へぇ……どんなことができるんだ？」

「大抵のことなら。今つくっているのは私の実験用ですが、なにかほしいものがあれば言ってください。つくってきます」

「ほしいものって、急に言われてもな……。ああ、そうだ」

俺は冥先輩にも聞こえるように言った。

「うちのクラスで、ぐりもわぁるのことが話題になってましたよ」

「ほんと!?　もう見てくれた人がいるんだ！　学園征服に向けて一歩前進だね！」

「願いごとも、数件来ています」

白衣姿の氷堂さんが、ノートパソコンを操作しながら言った。

「『大金持ちになりたい』『モテたい』『一億ほしい』『ハーレム希望』」

「わぁ……欲望がすごいね……」

「というか、さすがに叶えられませんよ」

「では、この願いはどうでしょうか？　簡単に叶えられそうですよ」

「どんなの？」

「『おっぱいを揉みたい』」

俺と氷堂さんが、じっと冥先輩を見る。彼女は身を守るように胸を腕で隠した。

「ダ……ダメだよ！　ダメだからねっ！」

「なぜですか？」

「ダメなものはダメなの！　京四郎くんもジロジロ見ない！」

「すみません……」

「もうっ！　願いごとはそれで終わり？」

「あと一つだけあります」

氷堂さんは、最後の願いを淡々と読み上げた。

「『先輩に好きだって伝えたい』」

「おー、恋の悩みだ！」

「そのようです」

「うんうん、願いごとっぽい！　……京四郎くん？　どうかしたの？」

「いや……この願いごと、少し変じゃないですか？」

「変って、どこが？　ぼくには真剣に悩んでいるように見えるけど」

「悩んでいるのは間違いないと思いますけど……」

「そう……？　凛ちゃんは？」

「上賀茂さんの違和感はわかりませんが、選択の余地はないと思います。私たちに叶えられそうな願いはこれしかありません」

「じゃあ、ぼくたちで、この子の願いを叶えてあげよう！」

「叶えるって、どうやって？」

そう訊ねると、冥先輩は得意げに言った。

「ふっふっふ。忘れちゃったの？　黒魔術には恋の呪いがあるんだよ！」

「失敗したじゃないですか」

「そ、そうだけど！　恋の呪いにも色々あるから大丈夫！　植物で媚薬をつくったり、相手にそっくりな人形をつくって呪いをかけたり。言うだけで惚れさせる呪文なんてのもあるんだから！」

氷堂さんが呆れたようにため息を吐いた。

「黒魔術なんて非科学的なものに頼る必要はありません。私がデータに基づいた完璧な計画を立案してみせましょう」

「それも失敗してなかったか？」

「あ、あれは上賀茂さんのせいです。あなたさえいなければ、私の計画に狂いはなかったんです」

むっとして彼女が言い返してくる。これ以上はつっこまないほうがいいだろう。

「なんにしても、この願いを送った人が誰なのかわからないことには始まらないな」

「凛ちゃん、送った人の名前はわかる？」

「『NN』です」

「えぬえぬ？」

「ペンネームみたいなものですよ」俺は説明した。「願いごとを送るときに名前を書くんですけど、本名を書くのはさすがにハードルが高いですからね」

「じゃあ、結局、誰の願いごとかわからないってこと？」

「多少は絞れますよ。二文字のアルファベットは、おそらくイニシャルだろうし、先輩に想いを伝えたいんだから、一年生か二年生だと思います」

「まだ絞れます」

氷堂さんがノートパソコンを操作しながら言った。

「私がシールを貼る場所を指定したのを覚えていますか？」

「ああ」

「シールに印刷された二次元コードは、すべて異なります。スマートフォンで読み取ると、ウェブサイトに直接アクセスするのではなく、コードに応じたサーバを介して……」

「待った。冥先輩が混乱している」

「……つまり、その人がどこに貼られたシールを読み取ってアクセスしたのか、わかるようにしてあります。NNさんは……剣道場からアクセスしたようです」

「っていうことは……剣道部員？」

「その可能性は高いでしょう。そして、剣道部に所属する一年生または二年生で、イニシャルがN・Nである生徒は、一人しかいません」

そう告げて、彼女はノートパソコンをこちらに向けた。ディスプレイには、一人の女子生徒の顔写真とデータが表示されていた。

「一年A組——七原希望」

6

剣道場は熱気に満ちていた。

道着と防具を身に着けた数十人の生徒たちが竹刀を激しくぶつけ合っていた。相手を威嚇する甲高い声や、床を踏み抜かんばかりの生徒たちの足音も道場内に反響している。

俺と冥先輩は、剣道場の入り口からこっそりと中の様子を覗いていた。氷堂さんは俺たち三人の中でも特に目立つから留守番だ。本当は冥先輩にも基地で待っていてほしかったのだけど、半ば強引についてきてしまった。

「いた！　ほら、あの子！」

冥先輩が指差した先には稽古中の剣道部員。頭に面をかぶっているため、容姿はわからないけれど、腰に巻かれた垂れには『七原』と刺繍の入ったゼッケンがついている。

NNが彼女だったとして、問題は誰を好きなのか、だ。

可能性が高いのは、剣道部の誰かだろう。

俺は、氷堂さんからもらった剣道部員のリストを見た。各部員の名前の横に数値が書かれていて、学内での人気を表しているらしい。リストによれば、一番人気は剣道部部長の『草薙健士』で、そのあとに二年のエース『天堂司』が続いている。とはいえ、人気があるからといって七原の想い人とは限らない。

「とりあえず地道に聞き込みをしましょうか。剣道部に知り合いっていますか？」

「うん、いるよ。それも、京四郎くんも知ってる人」

そのときだった。

「おい、そこでなにをしている⁉」

突然背後から聞こえた声に、冥先輩が「わぁ！」と飛び上がった。彼女の頭が、俺の顎にクリーンヒットした。

「いってぇ……」

「ご、ごめん、京四郎くん！　大丈夫⁉」

「はい……」

「冥？　それに、上賀茂じゃないか」

顎をさすりながら顔を上げると、道着を着た剣城先輩が立っていた。

「剣城先輩？　剣道部だったんですか」

「ああ、そうだが……二人してなにをしてるんだ？」

「遙華、七原希望ちゃんって知ってる？」

「七原？　知ってるよ。七原がどうかした？」

「七原ちゃんの好きな人って、誰かな？」

あまりにストレートな質問に俺は耳を疑った。

剣城先輩も怪訝そうに眉をひそめる。

「どうして冥が七原の好きな人を知りたがるんだ？」

「え？　えーっと、それは……」

「俺のためですよ」

咄嗟にフォローした。

「実は俺、七原さんのことが気になっていて……それを冥先輩に相談したら、好きな人がいないか調べてあげるって、ここに連れてきてくれたんです」

「それ、本当？」剣城先輩は冥先輩に目をやった。

「う、うん」

「そうか。……よし、わかった。ここで待っていて」

剣城先輩は俺たちにそう告げると、道場に一礼してから、まっすぐ七原希望のもとへ歩いていった。稽古試合を終えて正座をしていた七原が慌てて立ち上がる。しばらく二人はなにかを話していたけれど、距離が遠くて会話の内容までは聞き取れない。やがて話を切り上げ、剣城先輩が戻ってきた。

「好きな人はいないそうだ」

あまりに端的な答えに、俺は驚きを隠せなかった。

「まさか、直接聞いたんですか？　好きな人が誰かって？」

「ああ。ついでに、君が七原を好きらしいと伝えておいた」

「それも言っちゃったんですか？」

「いけなかったか？」

「いや、いけないわけじゃないですけど……」

「変な奴だな。まぁ、いい。冥。もうすぐ部活が終わるから一緒に帰ろう」

「もう？　今日は早いんだね」

「春の新人戦前だから軽く流すだけなんだ。それと上賀茂、お前も冥と一緒に校門で待っていてくれ」

「俺も？」

「七原を連れていく。私と冥は適当な理由をつけて先に行くから、二人で一緒に帰るといい」

「……どうしてそこまでしてくれるんですか？」

「汝の隣人を愛せよ」剣城先輩は言った。「自分を愛するのと同じように、まわりの人も愛しなさいってことさ。それに上賀茂は、冥の友達でもあるしね。だけど、もし七原を悲しませるようなことがあれば……」

「あれば？」

「斬る」

「竹刀で？」

「私の家は剣道場だ。真剣もあるよ」

「神に誓ってしません」

「うん」

　そのとき、道場の奥から「剣城――！　稽古中だぞ！」と大きな声で呼ぶ声がした。

「ごめん、先生だ。それじゃあ、あとで」

剣城先輩は手を振って、稽古に戻っていった。

隣で冥先輩が誇らしげに言った。

「遥華、格好いいでしょ？」

「はい」俺は頷く。「ちなみに、剣城先輩って剣道はどのくらい強いんですか？」

「たしか、去年の全国大会で優勝してたかな」

「高校生最強じゃないですか、それ」

剣道場に目を向けると、面をつけた剣城先輩が稽古相手を圧倒しているのが見えた。

まったく。

マリア先生といい剣城先輩といい、この学園には怒らせてはならない女性が多すぎる。

7

ひとまず秘密基地に戻った俺たちは、氷堂さんに経緯を話して先に帰ってもらった。それから二人で校門に行き、剣城先輩と七原が来るのを待った。

冥先輩と一緒にいたら目立つのではないかという不安は、杞憂に終わった。

校門から出ていく生徒たちの視線は、冥先輩に向くことはあっても、隣にいる俺には向けられなかった。昔、幼稚園の劇で木の役を演じたことがあったけれど、そのときと同じだ。劇の間、ずっと舞台上にいたのに「京四郎はいつ出てたの？」と両親さえ不思議がらせた。今、俺は冥先輩の背景になっているのだった。

「いい、京四郎くん？　さっきも言ったけど、ぼくと遙華は先に行くから。京四郎くんは、七原ちゃんから誰が好きなのか聞き出してね」

「簡単に言いますけど……剣城先輩でも聞き出せなかったんですよ？　俺が聞いたところで、教えてもらえるとは思えません」

「大丈夫だよ、京四郎くんなら」

「どうしてそう思うんですか？」

「黒魔術師の勘かな」

「……まぁ、できるかぎりのことはやってみますよ」

　そんな話をしていると、

「すまない、遅くなった」

剣城先輩が一人の女子生徒を連れて校門にやってきた。二人とも肩に竹刀袋を提げていた。

道場で見たときは面をかぶっていたから、七原希望の素顔を見るのは、これが初めてだ。ショートカットで、ボーイッシュという言葉がよく似合う少女だった。

「七原、冥のことは知ってるよね」

「はい。沙倉先輩は中学校の頃から有名でしたから。はじめまして、七原です」

「はじめましてっ！」

「それで、こっちが上賀茂」

「…………はじめまして」

不機嫌さが滲み出ている。冥先輩への挨拶とは雲泥の差だ。このあとの帰路を思うと気が重かった。

「は……遙華と一緒に帰るの、ひさしぶりだね！」

雰囲気を察した冥先輩が、空気を変えるように両手を叩いた。

「ごめん。最近は部活が忙しかったから。そうだ、私がいないからって帰りに買い食いしてないだろうね？」

「……し、してないよ」

「本当は？」

「……た、たまに。ちょっとだけ」

「太るよ」

「うぐっ……」

短い言葉だったけれど、冥先輩の胸には突き刺さったようだ。

そんな二人の様子を眺めていた七原が言った。

「仲、良いんですね」

「まぁね」剣城先輩は笑った。「冥とは小学生のときからの付き合いだから」

「幼馴染なんですよね。そういうの、うらやましいな」

「遙華が幼馴染だと大変だよ。身長、すぐに比べられるし」

「私だって好きで大きくなったわけじゃない。それに小学生のときは、そこまで違わなかっただろう？」

「小学生の頃の遙華先輩って、どんな感じだったんですか？」

「えっとねー……今と同じですごく格好良かったよ。意地悪してくる男の子から、ぼくを守ってくれたり」

「だから、あれは意地悪じゃなくて冥のこと……まぁ、いいか。それより、そろそろ帰るとしよう」

剣城先輩が、ちらっと俺の方に視線をやった。

予定どおりなら、このあと剣城先輩と冥先輩は、適当な理由をつけて先に帰るはずだ。

「おっと、大変だ」

剣城先輩が言った。

「なんだか無性に走りたくなってきた。しかたがない。駅まで走るとしよう」

……あの、それはちょっと、適当すぎませんか？

驚く俺をよそに、剣城先輩は爽やかに言った。

「冥、行くよ！」

「え⁉ わっ、待ってよ遙華！」

突然走り出した彼女を冥先輩が追いかける。二人は緩やかな坂道を下り、あっという間に先へ行ってしまった。

取り残された俺と七原の間には、気まずい空気が流れていた。友達の友達と二人きりになったようなものだ。なにを話していいのかわからない。

どうしたものかと考えを巡らせていると、七原が無言のまま歩き出した。

「七原さん？」

話しかけても反応はなかった。

一人で帰すわけにもいかず、しかたなくあとについていく。

校門を出て、茜色に染まった坂道を下っていく。西の空に沈む夕日を眺めてしばらく歩いていると、七原が大きなため息を吐いて立ち止まった。

「……変に期待させるのも悪いから、はっきり言うけど」

振り返った彼女は、意思の強さを感じさせる眼差しで、俺を睨んだ。

「あたし、好きな人いるから」

…………あれ？

もしかして、俺、今フラれた？

告白してもいないのに？

嘘で言ったことなのに、少しショックだった。

「そういうわけだから。じゃあね。もうついてこないでよ」

踵を返した彼女の背中を、俺は追いかける。

「好きな人って、誰？」

「誰でもいいでしょ。なんであんたに教えなきゃいけないのよ」

「フッたお詫びだと思って」

「フラレにきたのはそっちでしょうが」

「なら、誰なのか当てようか」

「馬鹿じゃないの？　あー、もう。ほんとにうざい。ついてこないでって言ってるじゃん」

「剣城先輩」

その瞬間、七原は独楽のように振り返った。

「七原さんの好きな人って、剣城先輩だろ？」

「なっ、なっ、なんで……？」

「やっぱりそうか」

「あっ⁉　違う！　今のなし！　なに言ってんの馬鹿じゃないのそんなわけないじゃん！」

「無理があるよ」

「う……ど、どうしよう……なんでこんなやつに……こうなったら、もうやるしか……？」

肩にかけていた竹刀に手を伸ばす七原。今度は俺の方が慌ててしまった。

「誰にも言わないって約束する。ほら、ここには俺たち以外、誰もいないだろ」

周囲の道路に人の姿はなく、今の話を聞いた人間はいなかった。それに気づくと、七原も多

少落ち着きを取り戻した。

「……あんた、なんでわかったの？　誰にも話したことないのに」

「なんとなくだよ」

半分は本当で、半分は嘘だった。

最初に違和感を覚えたのは『先輩に好きだって伝えたい』という願いごとだ。

なぜ『先輩と付き合いたい』ではないのだろう？

叶わぬ恋だと諦めているからだ。

最初は、相手に恋人がいるからだろうと思った。

けれど、剣城先輩には伝えなかった『好きな人がいる』という話を、俺にはあっさり告げたことで予想がついた。想い人から好きな人は誰かと聞かれたら、誰だって慌てるだろう。

「俺でよかったら話を聞こうか？」

「……どうして初対面のあんたと恋バナしなきゃいけないのよ」

「恋の相談にのると、相手から好かれるらしいんだ」

「あんたね……」

「それに、七原さんも話したいんじゃないかと思って」

「……」

彼女はしばらく黙っていたけれど、やがて投げやりなため息を吐いた。

「あんた、名前なんだったっけ？」

「忘れてくれていいよ」

「なにそれ？　……ま、いいや。ちょっと付き合ってよ」

　そう告げて坂道を歩き出した彼女のあとを、俺は何も言わずについていった。

8

　七原に連れて行かれた場所は、駅前にあるカラオケボックスだった。

「一時間。学生二人で」

　彼女は慣れた様子で受付の店員にそう伝えると、マイクの入ったかごを受け取った。店員の微笑ましい視線に見送られながら、俺は七原についていく。

「えーっと、十三番は……あったあった」

　小さな個室に二人で入る。薄暗い部屋の中で、ディスプレイが煌々と輝いていた。扉を閉じると、喧騒が遮断されて途端に静かになった。

「なにキョロキョロしてんの？」

「カラオケ、初めて来たから」

「嘘！　一回も来たことないわけ？」

「ああ」

「へー。まぁ、あんた友達少なそうだもんね」

「七原さんはよく来るんだ？」

「部活の皆でね」

彼女はブレザーを脱いでハンガーに駆けると、クッション椅子に腰をおろした。スカートの裾を直し、俺を見上げる。

「あんたも座りなよ」

そう言われて座ってみたけれど、それからしばらく七原は何も言わなかった。うつむいたままだ。

「歌わないのか？」

「歌わない」

「カラオケなのに？」

「二人きりになれる場所、他に思いつかなかったから」

そして、また黙ってしまう。

きっと彼女も何から話せばいいのかわからないのだろう。

「……剣城先輩のことは、いつから？」

そう問いかけると、彼女はためらいがちに話し始めた。

「私と遙華先輩、中学が一緒なんだよ。同じ剣道部に入ってて。ま、全国大会常連の遙華先輩と違って、あたしは初戦敗退の常連だったけどね。稽古は辛いし、負けてばっかりで楽しくなくて、やめようかなーって悩んでたら、先輩が声をかけてくれたの。『七原が頑張っているところ、神様は見ているよ』って」

恥ずかしそうに微笑む七原の横顔は、恋する少女のそれだった。

「それから練習を頑張って……相変わらず負け続きだったけど、遙華先輩はいつも励ましてくれた。『神様は見ている』って、何度も。中学を卒業してからも、試合にはいつも応援に来てくれてさ。最後の県大会で初めて二回戦まで勝ち進んだら、すっごく喜んでくれたんだ。あたし……初めて勝ったことより、そっちの方が嬉しくて……それで気づいちゃったんだよ。ああ、あたし、この人のこと好きだなぁって」

それから七原は、剣城先輩の話をいくつも聞かせてくれた。

剣道の練習に付き合ってくれたこと、休日に二人で礼拝に出かけたこと、神河学園を受験すると伝えたらとても喜んでくれたこと、入試の結果を一緒に見に行ってくれたこと……。

剣城先輩を語る七原は活き活きとしていて、だからこそ、この顔を誰にも見せられずにいたことがかわいそうでもあった。

彼女は自嘲気味に笑った。

「あーあ、なんであたしこんなこと話してるんだろ。ねぇ、頭を叩いたら記憶が消えるって本当かな？」

「マンガの中だけの話だよ。だから、その竹刀は離してくれると嬉しい」

「ちっ」

七原は竹刀の代わりに室内に設置されたタブレットを持つと、慣れた手つきで操作を始めた。

「歌わないんじゃなかったのか？」

「うっさいな。気が変わったの」

やがて曲のイントロが流れ始めた。音楽に疎い俺でも知っているような、流行りの女性アーティストの曲だった。

七原は同じアーティストの曲をいくつか歌った。俺はそれを聞いていた。今、俺に求められていることは、なにもせずただ待つことだった。

ひとしきり歌い終えると、七原はマイクをテーブルに置いた。

「ふー、すっきりした」

「歌、うまいな」

「ん……ありがと」

七原は照れた様子で目をそらした。それから、ぽつりと呟くように言った。

「遙華先輩も褒めてくれたなぁ。『七原、良い声してるね』って。それが嬉しくてさ。いっぱい練習したんだよ」

「……告白しないのか？」

七原があまりに苦しそうだったから、思わず聞いてしまった。

長い沈黙の後、彼女は首を横に振った。

「……しない。わかるんだ。言ったら全部壊れる、先輩後輩でもいられなくなるって。ずっと我慢してきたのに、そんなの嫌だよ」

今にも泣きだしそうな顔で、七原は笑う。溢れだしそうな感情を必死に取り繕って。

彼女の願いごとが、頭をよぎった。

「七原さん」

「なによ」

「剣城先輩に告白しよう」

「へ⁉」

七原がのけぞった。

「ば、馬鹿じゃないの⁉　あたしの話、聞いてた⁉」

「聞いてたよ。だけど、このまま伝えずにいたら、七原さんはこの先ずっと後悔することになる」

「それは……。でも……！」

「大丈夫。先輩後輩の関係でもいられなくなるって話なら、俺がどうにかする」

「どうにかって……あんたが？」

静かに頷く。

「七原さんは、どうしたい？」

「あたしは……」

そのとき、プルルルルル——と、大きな電子音が室内に鳴り響いた。

七原が立ち上がり、扉の横に取り付けられた受話器を取る。「お時間十分前です。延長されますか？」そんな店員の声が聞こえてきた。

「……………三十分、延長してください」

七原はそう告げると受話器を置いた。

振り返った彼女は、挑むような目つきで言った。

「本当に、どうにかしてくれるの？」

「ああ」

「嘘だったら、斬るからね」

剣城先輩みたいなことを言って七原は腰を下ろした。

話を聞かせろ、ということらしい。

俺は七原に作戦を話し始めた。

9

　翌日の昼休み、俺と七原は屋上で待ち合わせた。

　氷堂さんには、今日は屋上に来ないように伝えてある。予定外のことが起きなければ、俺たちのほかにここに来るのは、あと一人だけだ。

　晴れ渡った空はどこまでも青く、薄い雲がまばらに浮かんでいる。悲しいことなんて起きそうにない良い天気だった。

「あんた、よくそんな落ち着いていてられるよね」

　隣にいる七原さんが恨めしそうに言った。さっきからずっとそわそわしている。

「告白するのは七原さんだからね」

「それはそうだけど」

「剣城先輩には？」

「ちゃんと伝えてあるってば。話したいことがあるから、昼休みに屋上に来てほしいって。もうすぐ来ると思うけど……あー、もう。剣道の試合の何十倍も緊張する……！」

　彼女が呟いたそのとき、出入り口のドアが開いて剣城先輩が屋上に現れた。こちらに近づいてくる。

不思議そうにする彼女に、俺はできるだけにこやかに挨拶した。

「こんにちは、先輩。昨日はありがとうございました」

俺がいるとは思っていなかったのだろう。剣城先輩は不思議そうに七原に訊いた。

「どうして上賀茂が？」

「えっと……それは……その……」

借りてきた猫とはこのことだった。好きな人の前とはいえ、このままでは埒があかない。しかたない。俺から切り出そう。

「実は、俺が剣城先輩をここに呼んでほしいって頼んだんです。先輩に報告があって」

「報告？」

「はい」

俺は七原の手を握った。

「俺たち、付き合うことになりました」

恋人のフリをしよう。

カラオケボックスでそう提案したとき、七原は心底嫌そうな顔をした。なんであたしがあんたなんかと。

渋る彼女に、俺は理由を説明した。

彼氏がいれば、剣城先輩に好きだと伝えても本当の意味を知られることはない。

それなら先輩後輩の関係は壊れないし、それを聞いた剣城先輩が少しでも悲しい素振りを見せれば希望も見えるかもしれない。

本当に叶わぬ恋なのか、知ることができる。

七原は、延長した三十分をフルに使って、決断した。

――わかった。やろう。

「昨日の帰り道に、俺から告白してオーケーをもらったんです。剣城先輩には話しておくべきだと思って、呼んでもらいました」

そして今、俺たちは屋上で剣城先輩の反応を見守っている。

「そうか……驚いたな」

剣城先輩はぽつりと呟いて、次の瞬間――満開の桜のように、笑った。

「おめでとう。よかったな、二人とも」

その笑顔に嘘はなかった。

剣城先輩と知り合ったばかりの俺でも断言できる。付き合いの長い七原なら、なおさらだ。

ぎゅっ――と、七原が俺の手を強く握った。涙をこらえるみたいに。

好きな人から祝福されて、嬉しいわけがなかった。

「ありがとうございます」

それでも七原は笑った。剣城先輩とは対照的な、偽りの笑顔で。

「でも、心配しないでください。彼氏ができたからって、部活で気を抜いたりしませんから」

「心配なんてしてないよ。中学のときから、七原が頑張ってるのを見てきたからね」

「遙華先輩、いつも応援に来てくれましたもんね」

「可愛い後輩のためだ。いくらでも応援するさ」

「……後輩、か」

「七原？」

「遙華先輩に、ずっと言えなかったことがあるんです。せっかくだから、今、言ってもいいですか？」

「なんだ？　急にあらたまって」

「去年の県大会、応援に来てくれてありがとうございました。あたしが勝てたのは、遙華先輩のおかげです」

「なにかと思えば……。私のおかげじゃないよ。あれは七原が頑張ったから、神様がご褒美をくれたんだ」

諭すように言う剣城先輩に、七原はかぶりに振った。

「いえ、先輩のおかげです。これだけは譲れません。だって、あたしが頑張れたのは……あたしが強くなれたのは……遙華先輩が見ていてくれたからです。神様じゃなくて、遙華先輩がいてくれたから、あたしは……」

「七原？　どうしたの？　大丈夫？」

どうして彼女が泣いているのか、剣城先輩にはわからない。

やさしい言葉が、むしろ二人の間にある絶望的な距離を浮き彫りにする。

初めからわかっていたことだ。

七原希望の恋は叶わない。

だけど――。

「ずっと言いたかった」

たとえ叶わぬ恋だとしても、想いを伝えることぐらい、許されたっていいはずだ。

「遙華先輩……あたし、先輩のこと、好きです」

七原は言った。顔を上げて、剣城先輩に向けてまっすぐに思いを伝えた。

すべてが伝わったわけではないだろう。それでも剣城先輩にも、なにか思うところがあったようだ。七原の言葉を受け止めて、彼女は微笑む。

「……うん。私も七原のこと好きだよ。自慢の後輩だ」

「……ありがとうございます」

「そろそろ私は戻るよ。教えてくれてありがとう。上賀茂、七原のこと頼んだよ」

「はい」

「じゃあ、また放課後。部活で」

彼女は爽やかに手を振って、校舎に戻っていった。

晴れた空の下で、俺と七原の二人だけが残される。

つないだ手はそのままだった。

「あれでよかったのか？」

「うん……今はあれで十分。ちょっとすっきりした」

七原は空を見上げる。

それから、ぽつりと呟いた。

「ねぇ。このままほんとに付き合っちゃおっか？」

ほんの少しだけ、俺の手を握る力が強まった。手のひらを通じて、彼女のぬくもりが伝わってくる。だけど握り返しはしなかった。きっと彼女も、そんなことは求めていない。

「……なんてね」

ロウソクの火を吹き消すように、彼女が笑った。

「冗談だよ。あたし、まだ遙華先輩のこと好きだから」

七原は俺の手を離すと、気持ちよさそうに大きくのびをした。

「願いごと、叶ったのかな」

「え？」

「ううん、こっちの話。悪いけど、先に戻(もど)ってて。あたし、もう少しここにいるから」

「わかった」

彼女を残して、校舎に戻(もど)る。

屋上のドアを閉める直前、七原(ななはら)がフェンスにもたれかかって泣いているのが見えた。

神様があの願いごとを叶(かな)えなかった理由が、今ならわかる気がした。

10

「信者ができました」

その日の放課後、秘密基地で小説を読んでいると、氷堂(ひょうどう)さんがそう言った。文庫本から目線を上げる。白衣を着た氷堂(ひょうどう)さんは、ノートパソコンの画面を見つめていた。

「ほんと⁉」

冥先輩(めいせんぱい)が黒魔術(まじゅつ)の儀式(ぎしき)を放り出し、氷堂(ひょうどう)さんの隣(となり)に立った。

「なんて人？」

「登録名は『ＮＮ』……おそらく七原希望(ななはらのぞみ)でしょう」

「じゃあ、願いごとが叶(かな)ったのかな？」

「そうなりますね」

冥先輩と氷堂さんには経緯を話していない。

七原が誰を好きで、どのように想いを伝えたのかは、俺から勝手に話すべきではないし、話したくもなかった。

『七原と付き合うことになった』という嘘だけは、いずれ剣城先輩から漏れて、二人の耳にも入るかもしれないけれど、わざわざ自分からバラすこともない。

「あまり驚かないのですね」

氷堂さんが横目で俺を見る。俺は文庫本に栞を挟んで、机に置いた。

「そんなことないよ。十分、驚いてる。こんな偶然もあるんだな」

「上賀茂さん。七原希望の好きな人が誰か、本当にわからなかったのですか？」

「どういう意味？」

「あなたの仕業ではないか、ということです」

「仕業って……。違うよ、俺はなにもしてない。理由はどうあれ、七原さんの願いごとがたぶん叶って、ぐりもわぁるの信者も増えたんだ。それでいいじゃないか」

「それはそうですが……」

氷堂さんはまだ疑いの目を向けている。

そんな俺たちのやり取りを聞いていた冥先輩が明るく言った。

「ねぇ、お祝い会しようよ！　初めて信者ができたお祝い。お菓子とかジュースを買ってきて。ゴールデンウィーク、二人は予定空いてる？」

「予定？」

　俺と氷堂さんが顔を見合わせ、答えた。

「「いつでも大丈夫です」」

「ハモらなくても……」

「冥先輩は？」

「ぼくは教会の行事に出たり、遙華たちと遊びに行ったりするけど……じゃあ、五月五日はどう？　その日はぼくもなにもないから」

「大丈夫です」

「私も問題ありません」

「じゃあ、その日にしよう！」

「お祝いって、ここでするんですか？　学校休みですよね」

「うーん。休みの日も校門は開いてるから入れるとは思うけど……できれば、別の場所にしたいかな。でも、ぼくの家で組織の話はできないし……京四郎くんの家は？」

「無理ですね」

　家族が大騒ぎするのが目に見えている。

すると、氷堂さんがすっと手を挙げた。

「私の家はどうでしょうか？」

「いいの？」

「はい。問題ありません」

氷堂さんは、あっさりと頷く。

「じゃあ、決まりだね！」

冥先輩は教壇の上に、ひょいと飛び乗ると、高らかに宣言した。

「来たる五月五日！　凜ちゃんの家で、秘密結社ぐりもわぁるの祝賀会を行います！」

†

そして、五月五日。

俺は菓子折りの入った紙袋を手に、天塚駅の改札前に立っていた。

天塚駅は、ショッピングセンター直結の大きな駅だ。ゴールデンウィーク最終日ということもあいまって、大勢の人でごった返していた。

スマートフォンで時刻を確認すると、午後一時。待ち合わせの時刻だ。

冥先輩が改札から出てくるのが見えた。彼女はきょろきょろと辺りを見回し、俺と目が合うと、まっすぐに駆け寄ってきた。

「おまたせ、京四郎くん！」

「時間ぴったりですね」

冥先輩から『一緒に行こうよ』とメッセージが来たのは数日前のことだ。特に断る理由もなかったから、天塚駅で待ち合わせることにした。

「京四郎くんの私服、初めて見た」

「それを言ったら、俺もそうですよ」

「いつも学校で会ってるから、変な感じがするね。それは？」

彼女が指差したのは、俺が持っている紙袋だった。

「友達の家に行くって言ったら、母に持たされたんです」

「ふーん。あ、凛ちゃんの家に行く前に買い物していってもいい？」

「いいですよ。行きましょう」

俺と冥先輩は、駅前にあるケーキ屋に寄ってから、氷堂さんの家を目指した。

住所は氷堂さんから教えてもらっている。スマートフォンの地図アプリを頼りに歩き、やがて辿り着いたそこは、高層マンションだった。

「これ、ですよね」

「う、うん……」

　天高くそびえる建物を前にして、俺たちは呆然と立ち尽くす。

　恐れ慄きながらエントランスに入ると、中はまるでホテルのようだった。ますます場違いな気がしたけれど、引き返すわけにもいかない。インターホンに部屋番号を入力し、呼び出しボタンを押した。

「——はい」

「はろー、凛ちゃん。来たよ」

「今、開けます」

　ガラスのドアがスライドした。廊下を進み、エレベーターに乗り込むと、最上階のボタンを押す。

「凛ちゃんの家って……もしかしてすごいお金持ち?」

「もしかしなくてもそうですよ、これは」

　エレベーターから降りて、目的の部屋へ。インターホンを鳴らすと、間もなくしてドアが開いた。

「こんにちは」

　いつもどおりの氷堂さんに、なんだか安心する。もちろん白衣は着ていなかったけれど。

「どうぞ」

「お、おじゃましまーす」

靴を脱いで、家の中に入る。長い廊下を進んでドアを開けると、二十畳はありそうな立派なリビングが広がっていた。

「わっ、すごい眺め！」

壁一面に並ぶ窓からは、青い空と、ビルが建ち並ぶ天塚市の街並みを一望できる。信じられない開放感だ。

一方で、部屋の中はシンプルだった。ダイニングキッチンの向かいに四人がけのテーブルとウォーターサーバー。窓の前に大きなレザーソファとローテーブルが置かれ、その向かいの壁際に大画面のテレビが設置されている。あとは部屋の隅でロボット掃除機が待機しているぐらいで、物はさほど多くない。

「凛ちゃん一人？　お父さんとお母さんは？」

「今日はいません。いつもいない、と言ったほうが正確ですが」

「いつも？」

「父は研究者で、今は海外で働いています。母は複数の会社を経営していて全国を飛び回っていますから、ここには月に一、二回帰ってくればいいほうです」

なんでもないことのように彼女は言った。

うちは両親とも家にいることがほとんどだ。冥先輩の家もそうだろう。家に自分しかいない、というのがどういう状況なのか、うまく想像できなかった。

俺がなにも言えずにいると、冥先輩が手に提げていたケーキの箱を持ち上げた。

「凛ちゃん、おいしいケーキ買ってきたんだ。一緒に食べようよ」

「ケーキ、ですか？」

「うん。三日月堂って知ってる？　ここのショートケーキ、すごく美味しいんだよ」

「もちろん知っています。レビューサイトで四・三ポイントを獲得している名店。一番人気は苺のショートケーキ。税抜四百八十円」

「食べたことは？」

「ありません」

「えー！　もったいない！　人生の半分損してるよ！」

「冥先輩の人生の半分は、ケーキでできているのですか？　食事は栄養補給です。ケーキを食べるのは非効率です」

「ふっふっふ。はたしてこの味を知ってからも同じことを言えるかな？」

「はぁ……わかりました。お茶を淹れますから、座っていてください」

「ぼくも手伝うよ。京四郎くん、ちょっと待っててね」

俺は、菓子折りの入った紙袋を足元に置いてソファに座った。

キッチンの方から女子二人の声が聞こえてくる。といっても、喋っているのはほとんど冥先輩の方だったけれど。

しばらくして、二人がケーキと紅茶をトレイに載せて戻ってきた。ダイニングテーブルに皿が並べられる。

俺と氷堂さんが隣合って座り、向かいに冥先輩が一人で座る。いつのまにか彼女が家主みたいになっていた。

「さあ、どうぞ」

冥先輩が得意げにケーキを薦める。氷堂さんは呆れ気味にフォークでショートケーキを切った。クリームと苺の挟まったスポンジを口の中に入れる。

「……………美味しい」

そう呟いてから、彼女ははっとしたように口をつぐんだ。

「でしょ？」

にっこりと笑う冥先輩。氷堂さんは小さな咳払いをしてから、一口、もう一口とケーキを食べていく。俺と冥先輩は目を合わせて、小さく笑った。

三人とも、あっという間に食べ終えてしまった。紅茶を飲みながら、まったりしていると氷堂さんが言った。

「ところで、祝賀会というのは何をするのですか？」

「んー。なんでもいいんじゃないかな。凛ちゃんは三人でやりたいこととかない？」

「やりたいこと……なんでもいいのでしょうか……？」

「うん。ね、京四郎くん」

「ああ」

「でしたら……」

氷堂さんは、消え入りそうな声で、言った。

「……トランプがしたいです」

11

かくして、秘密結社ぐりもわぁる第一回トランプ大会が開催される運びとなった。

厳正なる審査の結果、大会種目はババ抜きになった。

『ババ抜きですか？　もちろんしたことあります。一人で』という氷堂さんの言葉が決め手になった。いったいどうやったら一人でババ抜きができるんだ。

氷堂さんは初めの方こそ複数人でのババ抜き、つまり、普通のババ抜きに戸惑っていたものの、何回かプレイするうちにコツを摑んだようだった。

「どうぞ、上賀茂さん」

氷堂さんが三枚のカードを差し出す。

もともと表情が乏しいこともあって、どれを引けばいいのか皆目見当がつかない。考えてもしかたないと、俺は適当に一枚を選んで引き抜いた。

ジョーカーだった。

「冥先輩」

さりげなくカードをシャッフルして、前に座る冥先輩に差し出す。

冥先輩は難しい顔をしながら、カードの上で指を行き来させた。

「むむ……これだ！　うわーっ！」

「ポーカーフェイスって知ってますか？」

「冥先輩がジョーカーを引いた確率――１００％」

「ち、ちがうよ！　京四郎くんも黙ってて！　ほら、凛ちゃんの番！」

氷堂さんは、さして迷う様子もなく二枚のうちから一枚を引いた。手元のカードと合わせて、テーブルの上に置く。残った一枚を俺が引いて、氷堂さんはあがり。俺も手札がすべて揃った。

最後に残ったジョーカーを握りしめ、冥先輩がテーブルに突っ伏した。

「これでぼくの五連敗……うわーん！　二人とも強すぎるよー！」

「先輩が弱すぎるんですよ」

「ええ。ジョーカーの位置が手にとるようにわかります」

「うぅ……遙華とだったらいい勝負なのになぁ……次はぼく見てるから、二人でやってみてよ」

「二人でババ抜きをしても、面白くないですよ」

「いえ、やりましょう。上賀茂さん、あなたとはいずれ決着をつけなくてはならないと思っていました」

「ババ抜きで？」

「今のところ私の二勝三敗。勝ち逃げは許しません」

静かな瞳にメラメラと炎が燃えている。

氷堂さん、クールに見えて結構負けず嫌いなんだよな……。

「それと……私が勝ったら、『さん』づけをやめてください」

不意に炎の勢いが弱まったかと思うと、彼女がそんなことを言い出した。

「え？」

「私たちが友達になってから、今日で十六日と二十二時間五十分が経ちました」

「細かいな……」

「いつまでも『氷堂さん』では、友達としての距離が縮まりません」

「それはそうかもしれないけど……急に呼び方を変えるのも恥ずかしくないか？」

「ですから、勝負で決めようというのです。罰ゲームとしてなら、あなたも受け入れやすいでしょう？」

「……わかったよ。冥先輩、カードを配ってもらってもいいですか？」

「まかせて！」

冥先輩がカードを集めて、手際よくシャッフルする。カジノディーラーばりのカード捌きだ。

「冥先輩って……」

「シャッフルだけはうまいですよね」

「だけって言わない！」

カードが配られたあとは早かった。

なにせ二人だけの勝負だ。ジョーカー以外を引けば手札は減っていくわけで、さほど時間はかからない。

そして――。

「私の勝ちです」

クイーン二枚をテーブルに置いて、氷堂さんがそう宣言した。彼女は深呼吸して息を整えると、ぐいっと俺の方に身を乗り出した。

「約束です。呼び方を変えてください」

「わ、わかったよ。それじゃあ…………氷堂」

「はい、上賀茂さん」

「え？　そっちはさん付けなの？」

「当然です。急に呼び方を変えるのは恥ずかしいので」

「理不尽だ……」

ジョーカーを捨札の山に放り投げる。隣で氷堂が嬉しそうに微笑んでいた。

†

それからしばらくトランプをしたり、今後のぐりもわぁるの活動について話したりしていたら、あっという間に夕方になった。

俺と冥先輩は、氷堂さん――じゃなくて氷堂に別れを告げて、マンションを出た。

天塚駅に向かう道すがら、冥先輩がそう言った。

「京四郎くん。あのババ抜き勝負、わざと負けたでしょ？」

「……どうしてそう思うんですか？」

「あ、やっぱりそうなんだ」

カマをかけられたらしい。冥先輩が勝ち誇ったように笑った。

「京四郎くん、自分が勝ったときのこと聞かなかったから。だから、きっと負けるつもりなんだろうなって」

「俺が勝っても誰も喜びませんからね。それなら氷堂さん……じゃない。氷堂の願いごとを叶えてあげた方がいい。それに――あんな必死な顔をされたら、偶然負けるほうが難しいですよ」

「凛ちゃん、めちゃくちゃ顔に出てたもんね」

三人でやっていたときの完璧なポーカーフェイスはどこへやら、あのときの氷堂は、あまりにもわかりやすかった。俺の指がジョーカーに触れた瞬間、ぱぁっと表情が明るくなるものだから、どれがジョーカーなのかひと目でわかる。しかも、そのことに彼女自身は気づいていないようだった。それだけ勝ちたかったのだろう。

「呼び方一つであんなに喜ばれるなら、勝負なんてしなくても変えてもよかったですけどね」

「ふぅん。そうなの？」

「はい」

「じゃあ、京四郎くん」

冥先輩は、いたずらっぽく笑った。

「ぼくのことも『冥』って呼んでよ」

「なっ……」

不意打ちに思わずどきりとする。

「い、いやですよ」

「えー、なんで？　ぼくの願いごとは叶えてくれないの？」

「からかわないでください。名前だけで呼ぶなんて、そんなのまるで――」

恋人みたいじゃないか。

口にしかけたその言葉を、俺は飲み込んだ。

「とにかく、冥先輩は冥先輩です」

「ちぇっ。まぁ、いっか。京四郎くんは、もうぼくの願いごと叶えてくれているしね」

「なんの話ですか？」

「ぼくの友達になってくれたでしょ」

彼女は笑った。

「遙華も、学校の皆も、大事な友達だよ。でも、皆はぼくのこと『神河学園の聖女』だと思ってて……黒魔術のことなんて話せなかったから。そんなとき、京四郎くんに会ったんだ。君は黒魔術のことを知っても、一緒にいてくれた。凛ちゃんと友達になれたのも、ぐりもわぁるをつくれたのも、君のおかげ。きっと京四郎くんには、願いごとを叶える才能があるんだね。七原ちゃんの願いごとも、本当は京四郎くんが叶えてくれたんでしょ？」

「……俺はなにもしていませんよ。あれは、七原さんが自分で叶えたんです」

そう答えると、冥先輩がくすくすと笑った。

「冥先輩？」

「あぁ、ごめん。なんか京四郎くんらしいなって」

「そうですか？　よくわからないですけど」

「京四郎くんのそういうとこ、ぼくは好きだよ」

　天塚駅に辿り着いた。改札前の人通りはまだ激しくて、収まる気配はない。

「送ってくれてありがと。ゴールデンウィークも終わるし、また明日から頑張ろうね」

　冥先輩は小さな声で「ぐりもわぁる」と言った。俺も「ぐりもわぁる」と言う。冥先輩の笑顔が返ってきた。

　彼女の小さな背中が、改札を抜けて人混みの中へ消えていく。

　それを見送ってから、俺は帰路についた。

　早く明日が来ればいいと思ったのは、生まれて初めてだった。

　そして、次の日の放課後——冥先輩は秘密基地に来なかった。

第4章

黒魔術の対価

Gakuennoseijo ga orenotonari
de kuromajutsu wo
shiteimasu xxx

1

五月九日。

旧校舎の秘密基地には、俺と氷堂だけがいた。週が変わっても冥先輩は来なかった。

「学校には？」

「来ているようです」

氷堂が答える。体調を崩して休んでいるわけではなさそうだ。

　スマートフォンのメッセージアプリを起動する。三十分前に送った『来ないんですか？』という俺の言葉は、未読のままだった。

「いくつか新しい願いごとが来ています。どうしましょうか？」

「やめておこう。先輩抜きで進めたら、すねるだろうから」

「そうですね」

　冥先輩を待ちながら、俺たちは好きな時間を過ごした。俺は小説を読み、氷堂はノートパソコンでなにかをつくる。それはそれで有意義な時間だったけれど、魔女の呪文が聞こえてこない教室は、妙に静かで違和感があった。

　どうして冥先輩は来ないのだろう。

それが知りたかった。

けれど、電話をしたところで出てくれるかわからない。もし出てくれたとしても、適当にはぐらかされるような気がした。

「氷堂さん。……氷堂」

「なんでしょうか？」

心なしか声を弾ませて、彼女がこちらを見た。友達を呼び捨てるのは、まだ慣れない。

「冥先輩の家の住所、知ってるか？」

一瞬の沈黙のあと、氷堂は眼鏡をすっと押し上げた。

「私を誰だと思っているのですか？」

決まりだ。

俺たちは椅子から立ち上がった。

†

学校の最寄り駅から、天塚駅とは逆方向に二駅。

それから改札を出て北に歩くこと約十五分。

「ここか……」

俺たちは、白い教会の前に立っていた。

白くのっぺりとした壁に、赤い三角屋根。天に伸びる突き出しの頂点には、銀色の十字架が掲げられている。

冥先輩が教会の娘だというのは知っていたけれど、実際にこうして目の当たりにすると信じられない気持ちの方が強い。

「向こうの建物が住居です」

教会の裏手に回ると、三階建ての家屋が併設されていた。教会と同じく、清潔感のある白い家だった。

「菓子折りを持ってくるべきだったでしょうか……」

「大丈夫だよ。少し話すだけなんだから」

「そうですね……」

氷堂がインターホンに指を伸ばし、けれど、押す直前でぴたりと止まった。

「待ってください、上賀茂さん。今、大変なことに気がつきました。……私、友達の家に来たの初めてです」

世紀の新発見をしたかのようだった。

「緊張して押せません。上賀茂さん、代わってください」

彼女に代わってインターホンを押す。ピンポーンと音が鳴り、しばらくして機械越しに声がした。

「はい、どちらさまでしょうか？」

冥先輩ではない。落ち着いた女性の声だった。

「神河学園一年の上賀茂といいます。め――沙倉先輩に会いに来たのですが、ご在宅でしょうか？」

「冥に？　あらあら、少し待ってくださいね」

音声が途切れ、それからすぐにドアが開いた。

「こんにちは、冥の母です。遠いところまでわざわざありがとう。今、冥を呼びますから中に入ってください」

冥先輩のお母さんは、二階に向かって、のんびりとした声を上げた。

「冥ー。ちょっと来なさーい」

二階からドアが開く音が聞こえ、階段の脇から冥先輩がひょいと顔出した。彼女は、俺たちを見て目を丸くした。

「二人ともどうしたの⁉」

慌てて降りてくる。すでに制服から着替えていて、ゆったりとした白いトレーナーを着ていた。

「もうっ、もう少し落ち着きなさい。先輩なんでしょう？」

「わ、わかってるよ」

お母さんにたしなめられ、冥先輩がしゅんとする。どこがとは言わないけれど、二人並ぶと母娘だということがよくわかった。

「さぁ、どうぞ上がってください」

俺たちが通されたのは、冥先輩の部屋だった。

「は、恥ずかしいからあまり見ないで……」

室内に黒魔術師らしさはまるでない。ベッドや机、ローテーブルなど、ほとんどの家具が白く、むしろ清廉な印象だ。

冥先輩が出してくれたクッションに座って、俺たちは向かい合った。

「どうして来たの？　……なんて聞いたらダメだよね」

「当たり前です。冥先輩、どうして秘密基地に来ないんですか？」

「それは……」

そのとき、ノックの音がした。

「入っていいかしら？」

冥先輩のお母さんだ。冥先輩が俺たちに向かって「しーっ」とジェスチャーをする。黒魔術のことは黙っていて、ということだ。

「いいよ」

その声を合図に、先輩のお母さんが入ってきた。三人分の紅茶をトレイに載せていた。

「どうぞ」

「ありがとうございます」

すべてのお茶をテーブルに置き終わると、彼女はトレイを胸元で抱え、じっと俺を見つめた。

「……えっと、なんでしょうか？」

「あっ、ごめんなさい！　男の子が家に来るのは初めてだから、気になってしまって。こんなこと訊いていいのかわかりませんけど……冥とはどういう関係なの？」

ぐいっと身を乗り出して訊いてくる。

その背後で、冥先輩が両手で大きなバツをつくっていた。

「友達ですよ。学校で困っているところを先輩に助けてもらって……それがきっかけで仲よくなったんです。そうだよな？」

氷堂に水を向けると、彼女はなにも言わずにこくりと頷いた。

「あら、そうだったの。よかった、この子が迷惑をかけているわけじゃなくて。冥は昔からそそっかしいから」

「もうっ！　お母さんっ！」

「あら、怒られちゃった。ごめんなさい。じゃあ、氷堂さんと……えっと……」

「上賀茂です」

「上賀茂くん。ゆっくりしていってくださいね」

やわらかく微笑むと、彼女は部屋を出ていった。階段を下りていく音が聞こえる。

「ふぅ……ありがとう、京四郎くん」

「それより、どうして来なくなったのか話してください。なにかあったんですか？」

「……ごめん。今、秘密基地に行ったら、二人を巻き込んじゃうかもしれないから」

「巻き込む？」

「実は……」

冥先輩は言った。

「遙華に話したんだ、黒魔術のこと」

2

沙倉冥は、自宅の最寄駅の改札を出たところで、聞き覚えのある声に呼び止められた。

五月五日——祝賀会の帰り道のことだ。

振り返ると、竹刀袋を背負った剣城遙華が駆け寄ってくるところだった。

「やっぱり冥だ。出かけてたのか？」

「うん。遙華も？」

「ああ。春の新人戦だよ」

「そっか。おめでとう」

「まだ結果は言ってないぞ」

「優勝でしょ？」

「まぁね」

二人で並んで歩くとき、遙華がペースを緩めてくれていることを冥は知っていた。それもさりげなく。そのやさしさが冥は好きだった。

「冥はどこに行ってたんだ？」

「凜ちゃんの家。三人で遊ぶ約束をしてたんだ」

「もう一人は上賀茂？」

「そうだよ」

「二年生になってから、その二人とばかり一緒にいるな。ちょっと寂しいよ。なんだか冥が遠いところに行ってしまったみたいだ」

そんなことないよ――という言葉は、声にならなかった。

しばらく歩いていると、冥はふと足を止めた。児童公園の前だった。いつもは子供がきゃあきゃあと楽しそうに走り回っているのだけど、今日は誰もいなかった。

夕日に照らされた公園を眺めていると、子供の頃の自分たちを思い出す。あの頃は、まだ神様を無邪気に信じていられた。

「遥華、ちょっと寄っていこうよ」

「え？　いいけど……」

戸惑う遥華と一緒に、冥は公園に入った。

小学校の帰り道に二人でよく遊んだ。中学に入ってからは、遥華が部活動を始めたこともあって、めったに来なくなってしまったけれど。

なんとなしにブランコに腰掛ける。子供用のブランコは、遥華には窮屈そうだった。

「だめだ。うまくこげない」

「立ってみたら？」

「スカートだよ」

彼女の背が急激に伸びたのは中学生のときだ。どんどん大人っぽくなっていく遥華が、冥は羨ましかった。

「いいなぁ」

思わず本音がこぼれる。

「ぼく、遥華みたいになりたかった」

身長だけじゃない。

剣道が強くて、後輩からも慕われていて、言いたいことをはっきり言って、いつも自信があって、正々堂々とした彼女みたいに、なりたかった。

「ねぇ、遙華」

「なに？」

「ぼく、遙華に話さないといけないことがあるんだ」

冥はブランコから降りると、近くにあった木の枝を拾った。小学生が遊びに使って捨てたのだろう。長さも太さも手頃だった。

ブランコに座っている遙華の前に立つ。

「黒魔術って知ってる？」

「黒魔術……？」

「うん。地面に魔法陣を描いて、呪文を唱えて、誰かの不幸を願うんだ」

きっと言葉では伝わらない。

冥は木の枝を握りしめた。

「見てて」

枝で地面を削って、魔法陣を描いていく。この一年間、何度も描いた魔法陣だ。ノートを見なくても、すらすらと軌跡を追うことができた。

完成させて顔を上げると、遙華が信じられない様子で冥を見ていた。怯えているようでさえあった。

「上手でしょ？　すっごく練習したんだよ」

「冥……」

「あとは呪文を唱えるんだ。呪いたい相手を思い浮かべながら、こんなふうに――」

「冥！」

遙華が立ち上がり、ブランコの鎖が音を立てる。わずかな沈黙の後、遙華は取り繕うように口角を上げた。笑っていいのか悪いのか、わからないみたいに。

「なにを言ってるのかわからない……いったいどうしたんだ？　つまらない冗談はやめてくれ」

「冗談なんかじゃないよ。一年前から、ぼくは黒魔術の研究をしてた。黙っててごめん。遙華は神様を信じてるから、どうしても言えなかったんだ」

「なんでそんな――」

「神様は願いごとを叶えてくれないから。どんなに祈っても、神様はぼくの願いごとを叶えてくれなかった。救ってくれなかった。それなら……神様なんていないのと同じだよ」

「なんてことを……！　冥、自分がなにを言ってるのかわかっているのか⁉」

「わかってるよ。教会の子供がそんなことを言っちゃいけないってことも、黒魔術がいけないことだってことも、全部わかってる。だけど……ごめんね。これが、ぼくなんだ」

冥は笑った。ちゃんと笑えているかはわからなかった。

「よく見て、遙華。ぼくは聖女なんかじゃないよ」

「違う……違う！」

遙華が戸惑いをあらわに首を横に振る。

「私が知っている冥は、そんなこと言わないっ!!」

彼女は、近くに立てかけておいた竹刀袋を摑むと、逃げるように公園から走り去った。

日は沈みかけ、東の空から夜がやってくる。影が長くなっていた。

足元に目を落とすと、そこは魔法陣の中心。

「エロイムエッサイム……エロイムエッサイム……」

誰もいなくなった公園で、冥は呪文を囁いた。

「…………ぼくに災いあれ」

3

あの日の出来事を話し終えた冥先輩は、寂しそうに笑った。

「ごめんね。これ以上、遙華に秘密にしていたくなかったんだ。でも、二人のこととか、ぐりもわぁるのことは話してないから安心して」

「俺たちが心配しているのは、冥先輩ですよ」

神河学園はミッション・スクールだ。

学園の生徒のほとんどが、程度の差こそあれ神様を信じている。そんなところで教会の娘であり、『神河学園の聖女』とまで呼ばれている冥先輩が黒魔術をしているなんて噂が流れれば、どういった事態になるかは想像に難くない。

ため息が出そうになるのをこらえて、紅茶を一口飲んだ。ダージリンの爽やかな渋味が口から鼻へ抜けていく。少し気分が落ち着いた。カップをソーサーに戻し、俺は言った。

「そのあと、剣城先輩とは？」

「何度か話そうとしたんだけど、避けられてるみたい。廊下ですれ違っても、ぼくの方を見てくれなくて」

「そうですか……」

すると、氷堂が言った。

「一刻も早く剣城遙華の口止めをするべきです。彼女が黒魔術のことを知ってから、すでに四日が経過しています。今はまだ彼女の中だけに留めているのだと思いますが、それもいつまで続くかわかりません」

「俺もそう思う。冥先輩が避けられているなら、俺から剣城先輩に——」

「待って」

遮ったのは、冥先輩だった。

「二人はなにもしないで。これは、ぼくが償わなくちゃいけないことだから」

「だけど――」

「お願い」

放っておいてほしい、彼女の真剣な表情がそう言っていた。

「……わかりました」

「ありがとう。心配しなくても大丈夫だよ。遙華と仲直りできたら、また秘密基地に行くから。それまで、ぐりもわぁるをよろしくね」

話はそれで終わりだった。

俺たちは冥先輩と彼女のお母さんに見送られて帰路についた。

夕焼けに照らされた道を歩く。

途中に児童公園があった。冥先輩の話にあった場所だ。

ブランコをこいで遊ぶ子供たちがいた。無邪気な笑顔があっちこっち振り子のように揺れている。

「……これからどうするのですか？」

氷堂がためらいがちに訊いてきた。

「……どうもしないよ」

俺は答える。

「冥先輩が、なにもしないでって言っているんだ。だったら、俺たちにやれることなんてない」

目を凝らしてみたけれど、冥先輩が描いた魔法陣は、もうどこにも残っていなかった。

4

夕食後、机に向かって数学の予習をしていると、妹のひなたが顔を出した。

「ちょっと聞きたい問題があるんだけど、いい？」

「いいよ。だけど、珍しいな。ひなたが勉強なんて」

ひなたは「これなんだけど」と数学の教科書を差し出した。それほど難しい問題でもなく、解き方を教えるのにたいした時間はかからなかった。

「ふむふむ……なるほどねー。ありがと、わかったよ」

「また何かあれば、いつでも言っていいからな」

そう言って勉強に戻ろうとしたけれど、ひなたは俺の顔をじぃっと見つめて、出ていく様子がない。

「どうした？」

「お兄ちゃん、なにかあったの？」

「え？」

「最近、元気ないよね。今日なんてご飯食べてるとき上の空だったし。お父さんとお母さんも心配してたよ。友達となにかあったの？」

「なんで友達だってわかるんだ？」

「わかるってば。友達ができてからのお兄ちゃん、楽しそうだったし。それが急に落ち込んでたら、そうなんだろうなって想像つくよ」

「楽しそうだった……か」

「違う（ちが）の？」

「……いや、合ってる。ありがとな、ひなた」

「なにが？」

「心配してくれて」

「勉強を教えてくれたお礼だよ。もし友達と喧嘩（けんか）したんだったら、早く仲直りしなよ」

「わかった」

喧嘩（けんか）をしたのは俺じゃないけれど、頷（うなず）く。

ひなたが部屋を出ていったあと、俺は教科書とノートを閉じて引き出しにしまった。

予習よりも先にやるべきことがあった。

スマートフォンを取って、氷堂（ひょうどう）にメッセージを送る。

『冥先輩を助けたい。力を貸してくれないか？』

『わかりました』

まるで待っていたみたいに、すぐに返信が来た。

『ありがとう』

『どうするつもりですか？』

『冥先輩たちを仲直りさせる。方法はこれから。けど、最初にやることは決まってる』

『というと？』

『あと一人、足りないだろ？』

5

次の日の昼休み、俺と氷堂は屋上にいた。

空は雲ひとつない快晴で、透き通るような日光が屋上を照らしている。グラウンドで遊ぶ生徒たちの声や、ボールの音がここまで届いていた。

俺はスマートフォンを取り出して、冥先輩へ送ったメッセージを確認する。

『話したいことがあります。今日の昼休みに屋上で待っています』

メッセージに既読はついたけれど返事はなかった。

「冥先輩は来てくれるかな？」

　スマートフォンをしまって氷堂に訊く。彼女は冷静だった。

「１００％――冥先輩が来る確率です。そのメッセージを見たのなら、まず間違いなく来るでしょう」

　屋上のドアが開いたのは、そのときだ。

　冥先輩だった。隣にいる氷堂が、得意げな視線をこちらに向ける。俺は小さく頷いた。

　目の前に来た小さな先輩に、俺は言った。

「来てくれたんですね」

「……待っていますなんて書かれたら、来るしかないよ。話したいことってなに？」

「もちろん剣城先輩とのことです。やっぱり俺たちにも手伝わせてください」

「昨日も言ったでしょ。二人はなにもしないでって」

「ダメです」

「ダ、ダメって……。もうっ、京四郎くん――」

「だって、冥先輩は、剣城先輩と仲直りするつもりがないでしょう」

　その瞬間、冥先輩の大きな瞳が揺れた。

　――どうしてわかったの？

　彼女の目が、そう問いかけてくる。

「ぐりもわぁるのシールを貼った日、冥先輩、礼拝堂で祈っていましたよね。ずっと不思議だったんです。『神様は願いごとを叶えてくれない』と言っている先輩が、あの礼拝堂でなにを祈っていたのか。けど、ようやくわかりました。願いごとじゃない……懺悔をしていたんですね」

「……」

「先輩は、神様を裏切って黒魔術をしていることに罪悪感があった。だから、あの礼拝堂で懺悔していたんです。許してほしいって。そして、今回のことも、こう思っている。これは天罰だ――罪を償わなければならない」

冥先輩はなにも言わなかった。

それが答えだった。

「初めから、すべての罰を受けるつもりだったんです。剣城先輩に嫌われることも、彼女が周囲に漏らして問題になることも、先輩にとっては望むところなんでしょう。それでも俺たちだけは巻き込みたくなかった。だから、遠ざけようとした。違いますか？」

「……すごいね、京四郎くんは」

冥先輩は、力なく笑った。

「だけど、一つだけ間違ってるよ。ぼくが不幸になるのは、天罰じゃなくて呪いのせい。あの公園で、ぼくは自分を呪ったんだから」

それが彼女の願いごとだった。

不幸になりたい。

神様を裏切った自分は、罰を受けなくてはいけない。

そんな彼女の覚悟を……

「先輩の黒魔術が成功する確率――0%」

氷堂凛が、真っ向から否定した。

「残念ですが、天罰や黒魔術などという非科学的なもので、あなたを不幸にはさせません。冥先輩がどれほど嫌がっても、私たちはあなたを助けます」

「どうして……」

「友達ですから」

その一言に冥先輩が息を呑む。潤んだ瞳が綺麗だった。

「冥先輩にも手伝ってもらいますよ」俺は言った。

「え？」

「昨日、ぐりもわぁるに新しい願いごとが届いたんです」

冥先輩にスマートフォンを手渡した。表示されているのは秘密結社ぐりもわぁる専用サイトの管理者ページだ。

「リストの一番下です」

画面には生徒たちから届いた願いごとの一覧が、数はそれほどないけれど、並んでいる。

『大金持ちになりたい』『モテたい』『一億ほしい』『ハーレム希望』『おっぱいを揉みたい』

……――

『冥先輩を助けたい』

「神様は願いごとを叶えてくれない。だから、俺たちで叶えるんだって……先輩、言ってましたよね。俺たちで叶えましょう。俺と、氷堂と、冥先輩の三人で。俺たちには、冥先輩が必要です」

「京四郎くん……凛ちゃん……」

冥先輩の目から涙があふれだした。彼女は止まらない涙を拭いながら、小さく、だけど何度も頷いてくれた。

6

「遅くなってごめんね！」

放課後、冥先輩が息を切らして秘密基地にやってきて、久しぶりにぐりもわぁあるの幹部が集結した。

黒魔術師とマッドサイエンティストと戦闘員。

たった三人だけの秘密結社。

「なんだかひさしぶりだね、この感じ」

魔女の格好に着替えた冥先輩が照れくさそうに笑った。

「そうですね。たった数日なのに、ずいぶん前のことのように思えます」

彼女の隣に座る氷堂は白衣姿だ。

だけど、感傷に浸っている時間はない。本当の問題はここからだった。

「京四郎くん、これからどうするの？」

「剣城先輩と仲直りする方法を考えます。黒魔術のことを口止めするだけなら、お金を渡すとか、弱みを握るとか、いくつか方法はありますけど……」

「遙華には逆効果だと思う」

「はい。それに、冥先輩だってそんなふうに解決したくないでしょう？」

「……うん」

「だから、剣城先輩と仲直りをして、黒魔術のことを許してもらうんです」

「そんなことできるかな？」

「その方法を今から考えるんです。剣城先輩のデータは？」

「調査済みです」

氷堂が眼鏡を押し上げて言った。

「剣城遙華。二年A組。剣道部所属。昨年のインターハイでは、女子の個人戦で優勝しています。身長一七〇センチ、体重五八キログラム。スリーサイズは上から八五・五九・八三。視力は両目ともに一・五」

「スリーサイズなんて、どうやって調べたんだ……」

「冥先輩が教えてくれました」

「遙華とはよく一緒に服とか下着を買いに行くからね」

「……ほかには？」

「実家は剣道場を営んでいます。家族構成は、祖父・祖母・父・母・弟の二世帯家族。子供の頃から祖父から剣道を習っていたようです」

「ほかの家族もクリスチャン？」

「いえ、違います。彼女以外の家族は、特に信心深いわけではないようです」

「そうなのか……じゃあ、どうして剣城先輩は、神様を信じているんだろう？」

「……データにありません。冥先輩、知っていますか？」

「ううん」

冥先輩は首を横に振った。

「でも、ぼくと会う前から信じてたんじゃないかな。ぼくと遙華が初めて会ったの、うちの教会なんだ。お祈りに来ていた遙華に、ぼくが声をかけたのが最初」

「へぇ……いつの話ですか？」

「小学二年生のときかな。でも、遙華がどうして神様を信じてるかなんて、仲直りに関係あるの？」

「二人の喧嘩の原因は、言ってみれば信仰の違いです。冥先輩に神様を信じない理由があるように、剣城先輩にも神様を信じる理由があるはずです。それがわかれば仲直りのきっかけになるかもしれません」

　俺は席を立った。

「どこに行くの？」

「剣道場です」

「遙華？」

「いいえ。実は、剣城先輩に詳しい知り合いがいるんです」

　彼女に会いに行くとは、さすがに言えなかった。

†

「──遙華先輩が神様を信じてる理由？」

七原希望は、俺の質問に眉をひそめた。部活中に声をかけて、こっそり剣道場の裏に来てもらったのだ。紺色の道着を着た彼女は少し汗ばんでいて、短い髪が数本額に張りついていた。

「どうしてあんたがそんなこと知りたいのよ」

「色々事情があるんだよ」

「なにそれ。あ……もしかして、最近、遙華先輩が部活を休んでるのと関係ある？」

「休んでる？　いつから？」

「先週の新人戦が終わってから、ずっと。今までこんなことなかったから、皆、驚いてるよ。それで、どうなの？」

「まぁ、たぶん」

「ふぅん。そっか」

「あっさりしてるな。気にならないのか？」

「気になるよ。でも、なんか言いたくなさそうだし。ま、あんたなら大丈夫でしょ。えっと……ところでさ」

「なに？」

「さっきから気になってたんだけど……あんたの隣にいるの、C組の氷堂さんだよね？」

「ああ」

事実なので頷くしかない。

今、俺の隣には氷堂凛が立っている。ここには一人で来るつもりでいたのだけれど、『データ収集でしたら私も行きます』と言って、一緒についてきてしまった。

七原が来てからというもの、氷堂は一言も発していない。表情もなく俺たちを見つめるその姿は、監視ロボットみたいだった。

「え、なに？　あんたって実はモテるの？」

「誤解だよ」

「じゃあ、なんで氷堂さんと一緒にいるのよ。ってか、氷堂さん白っ、細っ、超美人っ」

「声に出てるぞ」

「うわっ、ごめん」

「それより、剣城先輩が神様を信じてる理由は？」

「あ、そうだった、そうだった。知ってるよ。あたしも気になって、中学のときに聞いたんだ」

「なんて言ってた？」

「『冥に会わせてくれたから』──だってさ」

「え？」

「遙華先輩、子供の頃は友達ができなかったみたい。実家の剣道場に、同じ小学校の男子が通ってたんだけど、試合で何度も泣かせちゃったらしくて……それが学校で変なふうに広まって、皆から怖がられてたんだって。それで、困った先輩は、近所の教会にお祈りしに行ったの」

「その教会って……」

「うん。沙倉先輩の家」

友達がほしい。

そう祈る剣城先輩に、冥先輩が声をかけた。

それが二人の出会いだった。

剣城先輩は、初めて会った冥先輩に悩みを打ち明けたらしい。

皆から怖がられている……学校に行きたくない……剣道をやめたい……。

冥先輩は、教会で泣きじゃくる彼女の頭をやさしく撫でて、微笑んだ。

——だいじょーぶ。ぼくにまかせて。

彼女は剣城先輩を友達に紹介して回った。「遙華ちゃんは剣道が強いんだよ。かっこいいでしょ！」誇らしげにそう言う彼女のおかげで、周囲の誤解は次第に解けていった。友達が増えた。学校に行くのが楽しくなった。剣道も前よりずっと好きになった。

神様への願いごとが、叶っていた。

「冥は聖女様なんだって――遙華先輩、よく言ってた。神様を信じるようになったのも、沙倉先輩に会わせてくれたからだって。あたしが知ってるのはそのぐらいかな」

「……それ、中学のときに聞いたんだよな？」

「そうだけど？」

「そっか。ありがとう。助かったよ」

「このくらいなんてことないよ。あんたには借りがあるからね」

七原は笑った。

「あたし、そろそろ部活に戻るよ。じゃあね。氷堂さんも！」

七原がひらひらと手を振る。氷堂もためらいがちに手を振り返した。壊れたメトロノームみたいだった。

剣道場に戻っていく七原を見送ったあと、氷堂が感動していた。

「上賀茂さん。私、手を振ってもらいました」

七原はあの性格だから、氷堂の前でも必要以上に物怖じしない。もし彼女が、ぐりもわぁるに幹部として入ったら、氷堂とよい友達になれるかもしれない。なかなか魅力的な想像だけれど、今は冥先輩と剣城先輩の仲直りに集中しなくてはならなかった。

歩き出した俺の隣に、氷堂が並んだ。

「それで、なにかわかったのですか？」

「うん。とりあえず秘密基地に戻ろう……冥先輩に聞きたいことがあるんだ」

7

翌日、放課後になると俺はすぐに校門へ向かった。剣城先輩を待ち伏せるためだ。部活に行っていないというのなら、彼女もまた授業が終わればまっすぐ家に帰ろうとするだろう。

ほとんど一番乗りで辿り着くと、邪魔にならないよう校門脇に立って、彼女が来るのを待った。校舎から出てきた生徒たちが、次々と目の前を通り過ぎていく。俺がいることに気づく人はいない。道端の小石に目を向ける人がいないのと同じだった。

剣城先輩が来たのは、校門の人通りがまばらになった頃だった。葉桜の並木道に姿を現した瞬間、彼女だとわかった。右肩にかけた鞄の紐を握り、思いつめた表情で歩いてくる。俺は彼女の前に立ちはだかった。

「こんにちは、剣城先輩」

「……上賀茂?」

俺の姿を認めた彼女は、意外そうに立ち止まった。

よかった。これで無視されたらどうしようかと思っていたところだ。

「急にすみません。冥先輩のことで話があります。……黒魔術のことです」

小声でそう告げると、剣城先輩の表情が険しくなった。

「……知っていたのか？」

「はい」

「どうして黙っていた。まさか、お前が冥に変なことを吹き込んだんじゃないだろうな」

「それは違います。冥先輩があれを始めたのは一年前です。俺はまだ会ってもいません。黙っていたのは、頼まれたからですよ。秘密にしてほしいって」

俺は意識的に微笑んだ。

「ここは人目につきます。場所を変えましょう」

並木道を引き返すと、彼女もあとをついてきた。

校舎には戻らず、途中で道を右に曲がった。木々が並ぶ道を進んでいくと、やがてあたりに人影がなくなった。それを見計らったように、剣城先輩が言った。

「お前は、いつから知っていたんだ」

「最初からです」俺は答えた。「俺たちが会ったのは、黒魔術がきっかけなんです。冥先輩が俺を呪って、不幸なことが起きなかったか聞きに来たんですよ」

「……からかってるのか？」

「嘘じゃありません。神様に誓ってもいいですよ」

俺は苦笑した。

「たしかに、冥先輩は魔法陣を描いて、呪文を唱えて、誰かの不幸を願っていました。だけど、そのおかげで俺は冥先輩に会えたし、氷堂とも友達になれた。もし、あのとき呪われていなかったら、俺は今も一人でした。だから……俺には、冥先輩の黒魔術がいけないことだとは、どうしても思えません」

「なにを言っているんだ。冥が黒魔術なんて……そんな神を冒瀆するような真似をしていいわけないだろう！」

「聖女だから……ですか？　七原から聞きました。剣城先輩は、子供の頃に冥先輩に救われたって」

「そうだ」

彼女は語気を強めた。

「私にとって冥は親友で、聖女なんだ。初めて会ったあの日から、ずっとそう信じてきたのに……冥は、私を裏切った」

俺は、前方にある建物を見上げた。

清潔感のある白い壁。頂上に十字架が飾られた三角形の屋根。

礼拝堂だった。

短い階段を上り、両開きの扉に手をかける。

「上賀茂。どうして礼拝堂に――」

人差し指を口の前に立て、静かに、とジェスチャーした。

眉をひそめる彼女の前で、俺は音を立てないよう、少しだけ扉を開ける。

わずかにできた扉の隙間から二人で中を覗くと、両脇に長椅子が並ぶ通路の奥で、たった一人、女子生徒が祈りを捧げていた。

彼女は十字架の前で膝をつき、両手を合わせて、静かに祈っている。俺たちには背を向けていたけれど、後ろ姿で誰なのかわかった。

「……冥」

剣城先輩が呆然と呟く。俺は小声で言った。

「冥先輩には『放課後、礼拝堂に来てほしい』とだけ伝えています。あなたが来ることは知らせてません」

以前、ぐりもわぁるのシールを貼りに来たときと同じように、彼女ならきっとそうするだろうと思っていたけれど。

「神様は願いごとを叶えてくれない……冥先輩はそう言いますけど、それでも願いたいことはあるみたいですね。たぶん、剣城先輩とのことだと俺は思うんです」

扉を閉じて、俺は剣城先輩に向き直った。

「さっき冥先輩が裏切ったと言いましたけど、それは違うと思います。裏切ったのは、あなたの方です」

「なんだって？」

「冥先輩がどうしてあなたに黒魔術のことを話したか、わかりますか？　親友だからです。親友だから、あなたにだけは本当の自分を知ってほしかった……俺や氷堂がそうしたみたいに、受け入れてほしかったんです。なのに――あなたは逃げました。冥先輩を裏切ったんです」

「ふざけるな。冥に会ったばかりのお前になにがわかる……！」

「わかりません。だけど、会ったばかりの俺でさえ受け入れられることを、長い間、冥先輩の親友だったあなたが、どうして受け入れられないんですか？」

「受け入れられるわけがないだろう！　私と冥は、ずっと一緒だったんだ！」

「親友というのは、相手が自分のイメージと違ったからといって、そんな簡単に失望できる関係なんでしょうか？　俺なら、そんな親友はほしくない。相手のよいところも悪いところも受け入れて、信じ続けるのが、本当の親友なんじゃないんですか。そうじゃないなら、親友なんて軽々しく言わないでください」

「っ……」

「少なくとも、冥先輩はあなたのことを受け入れてきたんです。神河学園の聖女……冥先輩がそう呼ばれるようになったのは、あなたが原因だそうですね」

以前、その呼び名について話したときに冥先輩は言っていた。

最初は友達が言っていただけだった……と。

剣城先輩が中学のときから『聖女』という言葉を使っていたと聞いて、そのことを思い出した。

「あなたは冥先輩を聖女だと言って、それが学園中に広まった。悪気はなかったと思います。だけど、冥先輩はまわりからそう呼ばれることに、ずっと苦しんでいました。『ぼくは聖女なんかじゃない』、『本当のぼくを知ったら皆はどうするんだろう』って……」

「そんな……」

「それでも、俺は冥先輩からあなたの悪口を聞いたことがありません。親友だから、冥先輩は、あなたのすべてを受け入れてきたんです。剣城先輩……今度はあなたが、冥先輩のすべてを受け入れてあげる番なんじゃないですか？」

剣城先輩は、なにも言わなかった。地面をじっと見つめて、しばらく考え込んでいた。

やがて顔を上げた彼女は、礼拝堂の扉を押し開けて、中に入っていった。彼女のあとに俺も続いた。無心で祈りを捧げる少女に近づいていく。

「……冥」

背後に立った剣城先輩の声に、冥先輩が振り返った。

「遙華？　どうして？」彼女は俺を見た。「そっか……京四郎くんが連れてきてくれたんだね」

「冥、私は——」

口を開きかけた彼女に、冥先輩が抱きついた。細い腰に手を回し、ぎゅっと強く抱きしめる。離れたくないと伝えるみたいに。

「ごめんね……ごめんね、遙華」

「……ううん。謝るのは私の方だ。ごめん、冥。勝手に聖女だなんて言ってごめん。公園で逃げてごめん。ずっと一緒にいたのに……冥のこと……わかってあげられなくてごめん」

剣城先輩もまた冥先輩のことを抱きしめた。

「さっきの冥を見て、思ったんだ。たとえ黒魔術をしていても……きっと、神様は冥のことを愛してくれるよ」

「そうかな……？」

「うん」

これで仲直りだ。

二人の笑顔を見て、俺はそう確信した。

すると、思い出したように剣城先輩が言った。

「そうだ、冥。一つだけ教えてくれないか？」

「なに？」

「どうして黒魔術を始めたんだ？」

「え……そ、それは……」

もごもごと口ごもる冥先輩に代わって、俺は言った。

「背を大きくしたいから、だそうです」

わずかな沈黙の後、剣城先輩が口を手で隠し、明後日の方向を向いた。ぷるぷると肩を震わせている。

「あー！　遙華、笑ってる！　ひどい！」

「ごめんごめん！　けど、あまりにも冥らしかったから……」

「京四郎くんもどうしてバラしちゃうの⁉」

「いいじゃないですか。剣城先輩は親友なんですから」

「よくなーい！」

顔を真っ赤にして冥先輩が叫ぶ。

「もうっ！　二人とも呪っちゃうからね！」

礼拝堂に響き渡ったその声は、呪うという言葉とは裏腹に、とてもやさしいものだった。

8

翌朝、あくびを噛み殺しながら学園へ続く緩やかな坂道を登っていると、後ろから声をかけられた。

「おはようございます、上賀茂さん」

氷堂だった。おはよう、と小声で応えて、俺は少し足を早める。

「早いです、上賀茂さん」

「俺が目立ちたくないの、知ってるだろ」

「昨日はうまくいったようですね」

あの場に居合わせなかった氷堂にも事の顚末は伝えてある。メッセージを送ったときは
『そうですか』の一言だけ返ってきたけれど、彼女なりに喜んでいるようだ。

「ああ。氷堂もありがとう」

「私はデータを調べただけです。たいしたことはしていません」

「そんなことない。俺一人だったら、最初に冥先輩を説得することもできなかったよ。だから、ありがとう」

「……どういたしまして」

俺たちは一定の距離を保ちながら正門を抜けた。

昇降口に入り、いつものように靴箱で靴を履き替えようとしたときに、異変を感じた。

妙に騒がしい。

掲示板に、大勢の生徒が群がっていた。

「なんでしょうか？」

「……ちょっと見てくる」

嫌な予感がした。

上履きに履き替え、掲示板前の人混みに割って入る。少しずつ前の人を押しのけて、どうにか生徒たちの間から顔を出した。

皆が見ているのは、掲示板の中央に貼り出された一枚の紙。

俺は目を疑った。

『懲戒処分
学内の風紀を著しく貶める行為に及んだ下記の学生一名に対し、懲戒処分を行う。
処分：無期停学
対象者：二年E組　沙倉冥』

9

一年D組の教室は、どこもかしこも冥先輩の話題で持ち切りだった。

「なぁ、見たか？　掲示板に貼られてたやつ」

「見た見た！　二年の沙倉先輩、停学になったんだって？　何をしたんだろう」

「黒魔術をしてたらしいぜ」

「黒魔術？」

「夜の公園で魔法陣を描いて、鶏の生き血だとかヤモリの死骸だとかを集めて儀式してたんだってさ」

「なにそれ、きもちわるーい」

「沙倉って、神河学園の聖女って呼ばれてた人だよね」

「あーあ、すげえショック。俺、ファンだったのになぁ」

好き勝手に飛び交う言葉。

ついこの間まで、冥先輩をもてはやしていた人たちが、手のひらを返したように彼女を叩いていた。騙された。怖い。理解できない。皆から溢れた負の感情が、冥先輩一人に向けられている。

一番後ろの席に座った俺は、机の下でスマートフォンを見た。冥先輩に送ったメッセージは既読になっていなかった。

「みなさーん、ホームルームを始めますよ」

担任のマリア先生が教室にやってくると、皆が席に座った。けれど、すぐに一人の生徒が手を上げた。

「マリア先生。二年の沙倉先輩、なにやったんですか？」

「ごめんなさい。答えられないの。他の先生にも聞いてはいけませんよ。困らせるだけですからね」

事前に職員室で打ち合わせ済みだったのだろう。よどみなくマリア先生は返答した。

ホームルームが終わると、俺は教室を出たマリア先生を追いかけた。

「先生」

「あら？　あなたは……」

「沙倉先輩は、どうして停学になったんですか？」

「ですから、その話には答えられないんです」

「教えてください。友達なんです」

マリア先生の宝石のような碧い瞳が、じっと俺を見つめたあと、思い出したように「そう……あのときの」と呟いた。

「授業が始まります。教室に戻ってください。それと……大事な話がありますから、昼休みに職員室に来るように。いいですね？」

そう言って微笑むと、彼女は廊下を歩いていった。

俺はその背中に頭を下げた。

昼休みのチャイムが鳴ると同時に教室を出て、二階にある職員室に向かった。

　マリア先生は、隅の席で小テストの採点をしていた。彼女の担当科目は国語だ。見た目に反して英語は苦手だという。

　彼女は俺を職員室の隣にある生徒指導室に連れて行った。ここなら誰にも聞かれません、と彼女は言った。

「月曜日の夕方、ある生徒から沙倉さんが黒魔術をしていると相談があったんです。相談を受けたのは、その生徒の担任教師でした」

　ある生徒――剣城先輩のことだ。授業の合間の休み時間に、屋上で彼女から事情を聞いた。

　俺たちが冥先輩の家に行ったあの日、剣城先輩は抱えきれなくなった悩みを教師に相談していた。誰にも言わない、という約束だった。

「その先生も相談された以上、なにもしないわけにはいきません。一昨日、沙倉さんをここに呼び出して、聞いたそうです。黒魔術をしているというのは本当か――と」

「先輩は、認めたんですね」

「……はい」

　冥先輩なら、そう言うに違いなかった。

　つまり、放課後に秘密基地で集まったときには、すでに教師に明かしていたことになる。そんな素振りを、彼女はまったく見せなかった。

「今朝、相談した生徒が職員室に来て『黒魔術のことは勘違いだった』と言ってきました。ですが、処分に変更はありません」

「そうですか……」

無理もない。ほかでもない冥先輩が黒魔術のことを認めてしまっている。今さら剣城先輩が訂正したところで、かばっていると思われるだけだった。

「沙倉さんのことは私もよく知っています。まだ信じられません。なにか事情があるのではないかと職員室でも議論になったのですが……学園長の耳に入って、昨日、停学処分が決まったんです。今日、沙倉さんのご両親が来られて、処分の説明を受けていました」

「停学はいつまで？」

「わかりません。更生させることが目的ですから、しっかり反省すれば、それほど長くはならないと思います。問題は……」

「問題？」

「……いえ、なんでもありません」

マリア先生は微笑んだ。

「それより、あなたは知っていたんですか？　沙倉さんが黒魔術をしていることを……」

俺は答えなかった。

沈黙を守る俺に、マリア先生はやさしく言った。

「わかりました。言いたくないのなら、それで構いません。そのかわり、約束してください。

なにがあっても、あなたは沙倉さんの味方でいると……。たった一人、味方がいるだけでも心強いものですから」

生徒指導室を出て、一年D組の教室に戻った。途中、冥先輩の名前を何度聞いたかわからない。学園のいたるところで彼女のことが噂されていた。

冥先輩を助けるにはどうすればいいのだろう？

ずっとそのことを考えているけれど、なにも思いつけずにいる。

教室の自席に座ったとき、冥先輩からメッセージが届いた。

返信は、たった四文字だった。

『ごめんね』

そんな言葉が、ほしかったわけじゃない。

10

なにもできないまま数日が経った。

聖女と呼ばれた冥先輩の停学処分は、ある種のスキャンダルとして学園という小さな社会に広まった。最初はなにかの間違いだろうと信じていた生徒も、もはや現実を受け入れるしかなくなっていた。

「私のせいだ」

剣城先輩は何度も俺たちに謝った。自分を責め続ける彼女を俺と氷堂は慰めることしかできなかった。冥先輩だって、そんなふうに悲しんでほしくないはずだった。

そうしているうちに、だんだんとおかしなことになってきた。

「停学になったのって、実は男絡みらしいぞ」

「裏で色んな男に手を出してんだって」

「僕は、夜中に中年の男と二人で歩いてたって聞いたよ」

「怪しいバイトしてたんじゃないかって、先輩が言ってた」

「全然そんなふうに見えないのにな」

「人は見た目によらないっていうだろ」

「教会の娘のくせに」

「清純なふりしてたんだ」

「私たちのこと、ずっと騙してたんだよ」

冥先輩の噂は、いくつもの尾ひれがついて、もはや原型を留めていなかった。

生徒たちは、より刺激の強い停学理由を求めていた。

どこかの誰かがついた嘘が、嘘だということだけ忘れられて学園中に広まった。

皆、自分たちでつくりあげた冥先輩に、怒りをぶつけて叩いていた。

そんな人は、どこにもいないのに。

冥先輩は、悪者になっていた。

†

夕方、俺は冥先輩に電話をかけた。十数回のコール音が鳴ったあと、彼女は観念したように電話に出てくれた。

「……京四郎くん？」

電話越しに聞こえる彼女の声は、ノイズがのってざらついている。そういえば、先輩と電話をするのは初めてだった。

「突然すみません。今、先輩の家の前にいるんです」

「え!?」

二階の窓のカーテンが開いて、スマートフォンを耳に当てた冥先輩の姿が見えた。

窓の向こうで冥先輩の口が動き、少し遅れて、電話から声が聞こえた。

「ど、どうして!?」

「届け物です」

俺は左手に提げていた紙袋を、二階の冥先輩に向かって持ち上げた。

「先輩、まだしばらく学校に来れないですよね。だから、秘密基地に置きっぱなしになっている服と杖を持ってきました」

「そんなの家に置いておけないよ！　捨てられちゃうってば！」

「だったら、あのノートもまずいんじゃないですか？」

「ノート？」

「魔術書です」

「あっ……」

「先輩、魔術書だけはいつも持って帰っていましたよね。まだ鞄に入っているんじゃないですか？」

「う、うん。どうしよう」

「俺が預かりましょうか？」

「ほんとに⁉」

「下に持って来れますか？」

「ちょっと待ってて！」

電話が切れて、冥先輩が窓から姿を消した。しばらくすると、先輩が家から出てきた。息を切らした彼女の手には、真っ黒い表紙のノートがある。

「これ……お願い」

「わかりました」

受け取ったノートを紙袋に入れる。

「ごめん、京四郎くん。遅くなるとお母さんたちに怪しまれるから、もう行くね」

「──先輩」

家に戻ろうとした彼女を呼び止める。

「なに？」

「会えてよかったです。また、学校で」

「……うん。またね」

冥先輩に別れを告げる。

彼女が家に入るのを見届けてから、俺は氷堂に電話をした。

「魔術書を手に入れたよ」

「こちらも準備は整っています。……本当にやるんですか？」

「ああ」

迷いはなかった。

「大丈夫。別に奇跡を起こそうってわけじゃない。俺たちがするのは──黒魔術だよ」

11

その日の朝、沙倉冥は、控えめなノックの音で目を覚ました。

聞こえてきたのは、母の声だった。

「冥。起きてる？」

返事はしなかったけれど、母は構わず話した。

「朝ごはん、降りてきて食べなさい。それと、今日お父さんと一緒に学校に行ってきますね」

学園長に転校の相談をするのだろう。

数日前、リビングで両親が転校について話しているのを聞いてしまった。

学校では、冥について耳を疑うような噂がいくつも流れているらしい。停学が解消されたとしても、そんな環境に娘を行かせるわけにはいかない、というのが二人の考えだった。知り合いである学園長に高校を紹介してもらい、そこに転校させようとしているようだ。

これからどうなるのだろう――そう考えると、不安で胸が重くなる。

階段を下りる母の足音を聞いてから、冥は体を起こした。

カーテンを閉じきった薄暗い部屋。

時刻は八時三十分。

昨夜はなかなか寝つけず、空が白み始めた頃にようやく眠りについたから、まだ眠い。かといって、二度寝をする気分でもなかった。

そのとき、スマートフォンが鳴りだした。

画面には『氷堂凜』と表示されている。

しかも、ビデオ通話だった。

初めてのことで慌ててしまう。

寝起きだし、どうしよう……。

迷った挙げ句、カーテンを開け、手ぐしで簡単に髪を整えてから、応答ボタンを押した。

スマートフォンの画面に、凜の顔が映った。綺麗だな、といつも思う。

「おはようございます、冥先輩」

「おはよう」

——あれ？

今日は平日だから、凜は学校にいるはずだ。なのに、彼女の背後には青空が広がっていた。

「凜ちゃん、どこにいるの？」

「屋上です」

言われてみれば、給水塔やフェンスが画面の端に見えている。

だけど、こんな朝早くにどうして屋上にいるんだろう。

それに、なんだか騒がしい。まるで教室の中にいるみたいに。

「冥先輩。あなたに見せたいものがあります」

「見せたいもの？」

カメラが動いて、フェンスの向こう側を映し出した。

「……え？」

神河学園のグラウンドに、巨大な魔法陣が描かれていた。

二重の円と六芒星の幾何学模様。

彼女がいつも描いていたものと同じ図形。

けれど、大きさは桁違いだ。

まわりが騒がしい理由もわかった。こんなものがグラウンドに描かれていたら、皆、窓から身を乗り出して騒ぐに違いない。

凛は言った。

「これは私の独断です。上賀茂さんからは『冥先輩には伝えるな』と言われています。ですが、あなたは見るべきです。彼が今からすることを、たとえ他の誰も見なかったとしても、あなただけは絶対に……」

グラウンドに人影が現れたのは、そのときだ。

騒ぎがよりいっそう大きくなる。

魔法陣に向かってゆっくりと歩くその人影は、黒いローブをはためかせ、先のとがった三角帽子を頭にかぶっていた。画面に背中を向けていて、顔は見えない。

生徒たちが「誰？」と口々に呟く。

冥は、その答えを知っていた。

「京四郎くん……」

その呼びかけに応えるように、魔法陣の中心に立った少年——上賀茂京四郎が、皆に向かって振り向いた。

12

正面にある本校舎の窓から、大勢の生徒が俺を見下ろしていた。

グラウンドの上には青々とした空。

足元に広がる魔法陣は、ネットで注文したライン引きと石灰で描いたものだ。冥先輩の魔術書に書いてあった図形の一つで、夜中に家を抜け出し、氷堂と剣城先輩の二人と協力して準備した。

朝早く登校した教師や生徒に消される可能性はあったけれど、ナスカの地上絵を消そうとする人がいないように、グラウンドの巨大魔法陣を消そうとする人もいなかった。中間試験を控えていて、部活動が禁止されていたのも大きい。今週は朝練がない。だから、発見が遅れた。

一晩かけた準備は無駄にならなかった。

さて、そろそろ頃合いだ。

なにぶん初めてのことだから、うまくできるかはわからない。

だけど、自信はあった。

黒魔術で一番大事なのは想いだと、彼女が言っていたから。

深呼吸をして、息を整える。

さあ——儀式を始めよう。


「ぐ・り・も・わあああああああああああああああああぁるっ‼」


あらん限りの大声が、校舎に跳ね返り、小さくこだまして青空に抜けていく。

学園で悪者になっていく冥先輩を見て、小学一年生の春を思い出した。

クラスで起きた、いじめのことを。

今の神河学園は、あのときの教室と同じだ。

皆が正義の味方で、冥先輩が悪者。

悪者にはなにを言ってもいいし、なにをしても許される。

自分たちが間違っているなんて、誰も思っていない。

だけど……。

あのときと同じなら知っている。

冥先輩を助ける方法を——俺は知っている。

固唾を飲んで見守る生徒たちに届くよう、俺は声を張りあげる。

「俺は、秘密結社ぐりもわぁるの首領——上賀茂京四郎だ！　この学園で青春を謳歌するお前達に告ぐ！　青春なんて……くそだっ！」


悪者を救うには、別の誰かが悪者になればいい。


「なにが青春だ！　どいつもこいつも、恋だの部活だの遊びだの、楽しそうにしやがって！　俺には友達もいない！　恋人もいない！　部活にだって入ってない！　青春なんて無縁だよ！　だけど、それのなにが悪いんだ⁉」

ざわつく全校生徒に向かって、俺は叫んだ。

「友達がたくさんいるのが、そんなに偉いのか⁉」

友達なんていらないと思っていた。

「恋のなにが楽しいんだよ⁉」

恋なんてどうでもいいと思っていた。

「部活なんて面倒くさいだけだろ!?」

目標に向かって皆で頑張るのも悪くなかった。

「青春なんてくそだっ！　そんなものをありがたがっている奴らも、俺を見下すような奴らも、全員くそだっ！　そんな奴らは、俺の黒魔術でひとり残らず呪ってやる!!」

最後の仕上げだ。

杖を高々と掲げ、俺は叫ぶ。

「エロイムエッサイム！　エロイムエッサイム！　神河学園に呪いあれ!!」

その瞬間。

破裂音が鳴り響き、魔法陣を取り囲む円からいくつもの火花が噴き出した。

校舎にいる生徒たちから悲鳴が上がる。

マッドサイエンティスト・氷堂凛が手掛けた演出効果。地面に仕込んだ花火を遠隔操作で着火するシンプルなものだけれど、数が揃えば相当の迫力がある。これだけ驚いてもらえれば、苦労して埋めた甲斐もあるというものだ。

噴き上がる花火に囲まれながら、俺は呪詛の言葉を叫び続ける。

「エロイムエッサイム！　エロイムエッサイム！　青春を謳歌する奴らに災いあれ!!」

再び悲鳴が上がった。今度は二年生の教室からだ。

予定通り、剣城先輩が倒れたのだ。剣道の全国大会優勝者である彼女が呪われている最中に倒れたとなれば、黒魔術の信憑性は一気に高まる。信心深い彼女が黒魔術に加担するなんて、いったい誰が信じるだろう？

校舎の方から教師たちが走ってくるのが見えた。

もう時間がない。

それでも俺は呪文を叫び続ける。

「エロイムエッサイム！　エロイムエッサイム！」

声が掠れ、喉が痛んだ。

酸素を欲した体が横隔膜を激しく収縮させる。

口の中に溜まった唾を飲み込み、深く、深く、息を吸う。

教師たちに取り押さえられる直前、俺は全校生徒に向かって叫んだ。

「俺の名前は、上賀茂京四郎だ！　よーく覚えとけっ!!」

13

『懲戒処分

学内の風紀を極めて貶める行為に及んだ下記の学生一名に対し、懲戒処分を行う。

処分：無期停学

対象者：一年Ｄ組　上賀茂京四郎』

俺の停学が明けたのは、掲示板にそんな貼り紙がされた二週間後のことだった。

無期というわりに短く済んだのは、停学期間中にマリア先生が持ってきてくれた中間試験の成績が評価されたからだという。

突然、マリア先生が家に押しかけてきて「今から試験を受けてもらいます」と微笑んだときにはどうしたものかと思ったけれど、先生は最初から交渉材料にするつもりだったわけだ。神河学園は、ミッション・スクールであると同時に進学校だ。そのブランドを守るためにも、有名大学に合格できるかもしれない生徒をみすみす手放すわけにはいかない。

教室のドアを開けると、にぎやかだったクラスメイトたちが一斉に静かになった。

皆の目が、俺に向けられている。

常に空気のような存在だった俺にとって、それは慣れない感覚だった。

ひそひそと聞こえてくる声は、俺のことを話しているのだろうか。

いや、気にしたところでしかたない。

人の噂も七十五日。

誰が言ったか知らないけれど、今はそんな言葉を信じるしかない。

誰とも挨拶を交わすことなく、一番後ろの席に座る。

鞄を置いて、教科書とノートを机の引き出しにしまっていると、ぽんっと軽く肩を叩かれた。

「上賀茂」

驚いて顔を上げると、クラスメイトの木村くんが笑っていた。

「お前、意外とおもしれー奴なんだな」

†

放課後、俺は秘密基地の前に立っていた。

誰もいない廊下には、青春の音が漂っている。四月には辿々しかった吹奏楽部の演奏も今ではだいぶさまになっていた。

コンコンコン、と三回ノックする。

「上賀茂です」

しばらくすると勢いよくドアが開き、黒い三角帽子が目に入った。

視線を下げれば、小さな黒魔術師が、澄んだ海のような瞳で俺を見上げていた。

「京四郎くん……」

「ひさしぶりですね、冥先輩。元気で——うわっ！」

冥先輩がぶつかるみたいに抱きついてきた。たたらを踏みそうになりながら、どうにか小さな体を抱きとめる。

先輩はなにも言わず、俺の胸に顔をうずめていた。ただ、そうなると別のものも押しつけられるわけで、そのボリュームとやわらかさに驚きを隠せない。このままだとなんだかまずい。

それだけはたしかだった。

「あの……冥先輩……？」

「馬鹿っ！」

顔を上げた彼女の瞳は潤んでいた。

「馬鹿！　京四郎くんの馬鹿っ！　全校生徒の前であんなことするなんて……いくらなんでももむちゃくちゃだよ！」

「……すみません。あれしか方法が思いつかなかったんです」

少しでも彼女を安心させたくて、俺は笑った。

冥先輩の停学は、俺と入れ替わる形で解消された。

学園中に広まっていた冥先輩の噂も、上賀茂京四郎の噂に取って代わられる形で収束。その後、謎に包まれていた冥先輩の停学理由として、ある有力な説が浮上した。

「びっくりしたよ。学校に来たら、ぼくが京四郎くんをかばってたことになってるんだもん」

「本当に黒魔術をしていたのは上賀茂京四郎で、『神河学園の聖女』はそれをかばって停学を受け入れた……そういった噂を氷堂に流してもらいました。皆、面白い停学理由を求めてましたから、そのニーズに応えたんです」

「まったくもうっ……無茶するなぁ……」

冥先輩は呆れたように言って、そっと俺から離れた。名残惜しくなんてない。そう自分に言い聞かせる。

二人で教室に入った。氷堂はまだ来ていない。床には真新しい魔法陣が描かれていて、儀式の途中だったことが窺えた。

「ありがとう、京四郎くん。でも、あんなことまでして、どうしてぼくを助けてくれたの？」

「それは……友達だからですよ」

「本当にそれだけ？」

「ほかになにがあるんですか？」

「ないなら、別にいいけど」

彼女が唇を尖らせる。子供っぽいそんな仕草が、なんだかかわいかった。そんなことを言うと、彼女は怒るだろうけれど。

「そうですね……もしほかにも理由があるとしたら」

「あるとしたら？」

「たぶん、呪(のろ)いのせいですよ」

冥先輩(めいせんぱい)がきょとんとする。

俺は笑って、話を変えた。

「そういえば、また恋(こい)の悩(なや)みですか？」

「え？　なにが？」

「願いごとですよ。あの魔法陣(まほうじん)、恋(こい)の呪(のろ)いですよね」

床(ゆか)を指差してそう言うと、冥先輩(めいせんぱい)が目を見開いた。

「な、なんで知ってるの⁉」

「なんでって……魔術(まじゅつ)書、読みましたから。……先輩(せんぱい)？　大丈夫(だいじょうぶ)ですか？　顔、赤いですけど……」

「だ、大丈夫(だいじょうぶ)っ！」

冥先輩(めいせんぱい)は黒い三角帽子(さんかくぼうし)を目深(まぶか)にかぶって顔を隠(かく)した。

「なんでもない！　なんでもないからっ！」

「なら、いいですけど……。それで、誰(だれ)を呪(のろ)ってたんですか？」

「それは――」

三角帽子(さんかくぼうし)から顔をのぞかせ、冥先輩(めいせんぱい)がじぃっと俺を見つめる。その口が開きかけたとき、コンコンとノックの音がした。

ドアを開けて入ってきたのは、氷堂だった。

「すみません、日直の仕事で遅くなりました」

彼女は普段と変わらない様子でドアを閉じると、いつもの席に行って鞄を置いた。ロッカーから取り出した白衣を羽織り、それから机の上でノートパソコンを広げた。スケジュールを守るアンドロイドのようだった。

「えっと……凛ちゃん。京四郎くん、来てるけど……」

「見ればわかります。それがなにか？」

「驚かないの？」

「驚く理由がありません。今日から上賀茂さんが登校してくることは学内で噂になっていましたし、登校した彼がここに来る確率は約95%。予想どおりの結果です」

「それはそうかもしれないけど……もう少し反応してあげた方が京四郎くんも喜ぶよ」

「そうですか？」

彼女は顎に指を添え、ほんの少し考える素振りを見せると、俺に向かって微笑んだ。

「では……おかえりなさい、上賀茂さん」

「うん。ただいま」

冥先輩が嬉しそうに笑った。

「ひさしぶりに全員揃ったね！　じゃあ、京四郎くん、前に立って！」

「え？」

「合言葉だよ」

「どうして俺なんですか？　いつも先輩がやってたのに」

「だって、京四郎くんは首領なんでしょ？　凛ちゃん、首領の意味は？」

「一団をなす仲間の長、です」

「つまり、一番偉い人だね！」

「いや、あれは……戦闘員じゃ格好がつかなかったから……」

「いいから、いいから！」

半ば無理やり教壇に上げさせられた。こんなふうに人前に立たされるのは、グラウンドでの黒魔術を除けば、入学式の答辞以来だ。

「京四郎くん」

「上賀茂さん」

「わかりましたよ……」

俺は咳払いを一つする。

そして――

「ぐ……ぐりもわぁーる！」

「ぐりもわぁーるっ‼」

「ぐりもわぁる」

古めかしい教室に、怪しげな合言葉が響き渡った。

俺の目の前には、沙倉冥と氷堂凛。

黒衣の黒魔術師と、白衣のマッドサイエンティスト。

そんな彼女たちの姿を見て、俺は呟かずにはいられない。

「……やっぱり、悪の組織みたいだ」

【秘密結社ぐりもわぁる】
首領：上賀茂京四郎
黒魔術師：沙倉冥
マッドサイエンティスト：氷堂凛
【征服率】0.1％

俺たちの呪われた青春はまだ始まったばかりだ。

あとがき

和泉弐式です。このたびは『学園の聖女が俺の隣で黒魔術をしています』を手に取っていただき、誠にありがとうございます。

ほとんどの方がご存じないと思いますが、私はデビュー作である『VS!!』でも同じキーワードを扱っています。デビュー作は、それこそ戦隊シリーズに出てくる戦闘員が主人公の熱血バトルものでした。あれから十年。ひさしぶりに電撃文庫から出させていただく本作は、影の薄い高校生が主人公の学園青春ものです。キーワードこそ原点回帰となりましたが、まったくの別物となりましたので、『VS!!』を読んでいただいた方も、そうでない方も、新鮮な気持ちで読んでいただけると思います。

本作の出版にあたり多くの方にお世話になりました。企画の段階から的確なアドバイスをくださった担当編集の黒崎泰隆さま、イメージどおりのキャラを描いてくださったイラストレーターのはなこさま、応援してくれた家族や友人たち、そのほか本作に関わってくださったすべての皆(みな)さまに、この場を借りて感謝申し上げます。


最近、学園青春ものは、ほとんどファンタジーになってしまったなと感じています。

剣(けん)と魔法(まほう)の世界じゃなくても。

超(ちょう)能力を持っていなくても。

タイムリープしなくても。

異世界に転生しなくても。

普通(ふつう)の高校生たちが普通(ふつう)に暮らしているだけで、なんだか夢みたいです。

だからこそ、そんな夢みたいな学園生活を読んでもらいたくて、本作を書きました。

京四郎(きょうしろう)たちを『普通(ふつう)の高校生』と呼んでいいのかは疑問の余地がありますが……とにかく一人でも多くの方に楽しんでいただけることを願うばかりです。

それでは、本書を読み終えたあなたが、満足してこの本を閉じられることを祈(いの)っています。

二〇二二年二月　和泉弐式(いずみにしき)

◉和泉弐式著作リスト

「VS!! 1〜3」（電撃文庫）
「セブンサーガI〜II」（同）
「学園の聖女が俺の隣で黒魔術をしています」（同）
「黒猫シャーロック〜緋色の肉球〜」（メディアワークス文庫）
「新米編集者・春原美琴はくじけない」（同）

本書に対するご意見、ご感想をお寄せください。

ファンレターあて先
〒102-8177　東京都千代田区富士見2-13-3
電撃文庫編集部
「和泉弐式先生」係
「はなこ先生」係

本書は書き下ろしです。

電撃文庫

学園の聖女が俺の隣で黒魔術をしています

和泉弐式

2022年5月10日　初版発行

発行者　青柳昌行
発行　株式会社KADOKAWA
〒102-8177　東京都千代田区富士見2-13-3
0570-002-301（ナビダイヤル）
装丁者　荻窪裕司（META＋MANIERA）
印刷　株式会社暁印刷
製本　株式会社暁印刷

●お問い合わせ
https://www.kadokawa.co.jp/（「お問い合わせ」へお進みください）
※内容によっては、お答えできない場合があります。
※サポートは日本国内のみとさせていただきます。
※ Japanese text only

※定価はカバーに表示してあります。

ISBN978-4-04-913935-8　C0193　Printed in Japan

電撃文庫　https://dengekibunko.jp/

電撃文庫創刊に際して

文庫は、我が国にとどまらず、世界の書籍の流れのなかで〝小さな巨人〟としての地位を築いてきた。古今東西の名著を、廉価で手に入りやすい形で提供してきたからこそ、人は文庫を自分の師として、また青春の想い出として、語りついできたのである。

その源を、文化的にはドイツのレクラム文庫に求めるにせよ、規模の上でイギリスのペンギンブックスに求めるにせよ、いま文庫は知識人の層の多様化に従って、ますますその意義を大きくしていると言ってよい。

文庫出版の意味するものは、激動の現代のみならず将来にわたって、大きくなることはあっても、小さくなることはないだろう。

「電撃文庫」は、そのように多様化した対象に応え、歴史に耐えうる作品を収録するのはもちろん、新しい世紀を迎えるにあたって、既成の枠をこえる新鮮で強烈なアイ・オープナーたりたい。

その特異さ故に、この存在は、かつて文庫がはじめて出版世界に登場したときと、同じ戸惑いを読書人に与えるかもしれない。

しかし、〈Changing Times,Changing Publishing〉時代は変わって、出版も変わる。時を重ねるなかで、精神の糧として、心の一隅を占めるものとして、次なる文化の担い手の若者たちに確かな評価を得られると信じて、ここに「電撃文庫」を出版する。

1993年6月10日
角川歴彦